「全部ハルトが作ってくれたものです。
あの子、こういうのにも詳しいから」
「……本当に多才すぎませんか、
ハルト様？」

精霊幻想記
【せいれいげんそうき】

予期せぬ感触が背中から押し寄せてきて、リオが瞠目する。
前方にはサラ達が立っているから、
後ろから密着している人物は美春以外にありえない。
つい首を捻って後ろを見ようとする。と——、
「う、後ろは見ないでいただけると……
嬉しいです」

精霊幻想記

17. 聖女の福音

北山結莉

HJ文庫
891

口絵・本文イラスト　Ｒｉｖ

CONTENTS

登場人物紹介

リオ（ハルト＝アマカワ）

母を殺した仇への復讐の為に生きる本作主人公
ベルトラム王国で指名手配を受けているため、偽名のハルトで活動中
前世は日本人の大学生・天川春人《あまかわはると》

アイシア

リオを春人と呼ぶ契約精霊
希少な人型精霊だが、本人の記憶は曖昧

セリア＝クレール

ベルトラム王国の貴族令嬢
リオの学院時代の恩師で天才魔道士

ラティーファ

精霊の里に住む狐獣人の少女
前世は女子小学生・遠藤涼音《えんどうすずね》

サラ

精霊の里に住む銀狼獣人の少女
リオのもとで外の世界の見聞を広める

アルマ

精霊の里に住むエルダードワーフの少女
リオのもとで外の世界の見聞を広める

オーフィア

精霊の里に住むハイエルフの少女
リオのもとで外の世界の見聞を広める

綾瀬美春
あやせみはる

異世界転移者の女子高生
春人の幼馴染でもあり、初恋の少女

千堂亜紀
せんどうあき

異世界転移者の女子中学生
異父兄妹である春人を恨んでいる

千堂雅人
せんどうまさと

異世界転移者の男子小学生
美春や亜紀と共にリオに保護される

フローラ＝ベルトラム

ベルトラム王国の第二王女
姉のクリスティーナとようやく再会した

クリスティーナ＝ベルトラム

ベルトラム王国の第一王女
フローラと共にリオに保護される

ロアナ＝フォンティーヌ

ベルトラム王国の貴族令嬢
弘明付きとして行動を共にする

坂田弘明
さかたひろあき

異世界転移者で勇者の一人
ユグノー公爵を後ろ盾に行動する

重倉瑠衣
しげくらるい

異世界転移者で男子高校生
ベルトラム王国の勇者として行動する

菊地蓮司
きくちれんじ

異世界転移者で勇者の一人
国に所属せず冒険者をしていたが……

リーゼロッテ＝クレティア

ガルアーク王国の公爵令嬢でリッカ商会の会頭
前世は女子高生の源立《みなもとりっ》夏《か》

千堂貴久
せんどうたかひさ

異世界転移者で亜紀や雅人の兄
セントステラ王国の勇者として行動する

皇 沙月
すめらぎさつき

異世界転移者で美春たちの友人
ガルアーク王国の勇者として行動する

シャルロット＝ガルアーク

ガルアーク王国の第二王女
ハルトに積極的に好意を示している

レイス

暗躍を繰り返す正体不明の人物
計画を狂わすリオを警戒している

ルシウス

傭兵団『天上の獅子』の団長
リオとの戦闘で敗北し、死亡

【プロローグ】 ❖ 誓い

憎《にく》い。
この世界が。
この世のすべてが。
私は、憎い。
だから決めたのだ。
誓ったのだ。
優《やさ》しさがすべて理想だと思い知らされたあの日。
理不尽《りふじん》にすべてを失ったあの瞬間《しゅんかん》。
裏切られてすべてを奪《うば》われたあの時。
愚《おろ》かな人類が蔓延《はびこ》るこの世界を終わらせると。
復讐《ふくしゅう》を果たすと。
私には、それができる。

その権利がある。
それをなしうる忌々しい力がある。
だから、滅《ほろ》ぼそう。
こんな世界に、価値などない。
既《すで》に賽《さい》は投げられた。
いいや、他《ほか》ならぬ私が、この手で投げたのだ。
だから、もう引き返せない。
引き返すつもりもない。
私はこの世界を、人類を許さない。
そして何よりも、他ならぬ自分自身を許せない。
だから、私はただひたすらに……。
破滅《はめつ》へと突《つ》き進《すす》もう。
それが、私への罰《ばつ》でもある。
あの人を救うことができなかった、私への……。

【第一章】❖ガルアーク王国での日々

　ガルアーク王国城。名誉騎士《めいよきし》になったリオが、ハルト＝アマカワとして国王フランソワから下賜《かし》された城内の屋敷《やしき》で。

　リオが岩の家の面々と共に屋敷で暮らすようになってから、十日が経《た》った昼過ぎのことだ。第二王女のシャルロット＝ガルアークはこの日もリオ達《たち》のもとを訪《おとず》れていた。沙月《さつき》、リーゼロッテ、クリスティーナとフローラも同行している。

「本日はハルト様とセリア様に仕事の依頼《いらい》があって参りました」

　シャルロットは出されたお茶に口をつけて喉《のど》を潤《うるお》すと、向かいのソファに腰《こし》を下ろすリオとセリアに打ち明けた。

「我々にですか？」

　顔を見合わせるリオとセリアの声が重なる。

「はい。国からの正式な依頼ですからもちろん報酬《ほうしゅう》はお支払《しはら》いしますし、お仕事の任期も王都に滞在《たいざい》している間だけで構いません。それを踏《ふ》まえた上でこれからする話をご検討いただければと」

あくまでもこの依頼は任意ですよと、シャルロットは前置きする。

「……いったいどのようなお仕事を？」

「お二人に所定の場所で臨時の講師をなさっていただきたいのです。セリア様にはガルアーク王立学院で魔術《まじゅつ》に関する特別講義を、ハルト様にはこちらで見繕《みつくろ》った者達への近接戦《せん》闘《とう》の特別講義……というよりは指導を担当していただきたいなと考えています」

「……ベルトラムの王立学院で講師をしていたセリアはともかく、私は講師をした経験はございませんよ？」

「ふふ、それは杞憂《きゆう》です。ハルト様の能力なら講師をするのに何ら問題はないと私は確信していますから」

リオは自信なげに語るが、シャルロットは自信満々に太鼓判《たいこばん》を押《お》した。

「大変光栄ですが、私はガルアーク王国流の剣術《けんじゅつ》や体術には精通していませんし」

「そこも問題ありません。ハルト様に依頼したいのはこれから技術を習得する者達への基《き》礎《そ》的《てき》な技術指南ではなく、戦闘経験を積んだ者達への実戦的な指導ですから。得意とする武器も流派も異なる者達が参加する予定です」

「……なるほど」

と、リオは少し思案するように相槌《あいづち》を打つ。戦闘に関して全くの素人《しろうと》だった雅人《まさと》や、同《どう》胞間《ほうかん》の争いが皆無《かいむ》で対人戦闘の経験が不足していた精霊《せいれい》の民《たみ》の里の戦士達を相手に対人戦に関する技術的な指導を行ったことはあるが、そういったノウハウを知り尽《つ》くしたガルアークやレストラシオンの職業軍人が相手となるとまた勝手が異なってくる。当然、中には貴族階級の者も含《ふく》まれるだろうし、そういった者達を相手にどこまで教えることができるのか自信を持てなかったのだろう。

「責任感が強いハルト様ですから、安請《やすう》け合《あ》いができないことは理解しています。ですがそう難しくは受け止めず、参加者達との模擬戦《もぎせん》……、軽い手合わせを引き受ける程度のお気持ちで考えてはいただけませんか？　今回、この話を持ち込んだのは名誉騎士であるハルト様と手合わせをしてみたいという要望もあったからなんです」

「確かに手合わせをする程度ならお断りするつもりはありませんが……、どの程度の人数が講義に出席することを見越《みこ》していらっしゃるのでしょうか？」

「一度の講義での受講者は最大でも二十人程度に限定しようと考えています。その都度、手隙《てすき》の者が出席していくことを想定していますが、誰《だれ》が出席するのかはこちらで責任を持って選定しますので、その点はご安心を」

出席者に妙《みょう》な真似《まね》はさせないので、心配はご無用です――と言わんばかりに、シャルロットは不敵な笑《え》みを覗《のぞ》かせる。流石《さすが》というべきか、リオが懸念《けねん》しそうな事項《じこう》をしっかりと押さえているようだ。リオはそんなシャルロットならではの周到《しゅうとう》さに感心したのか、少しおかしそうに表情を和《やわ》らげる。

「一人一人手合わせをしていくとなるともう少し人数は少ない方がいい気もしますが、出席者同士の手合わせも行っていいのなら、その人数でも大丈夫《だいじょうぶ》かもしれませんね」

「一対一でも、多対一でも、多対多でも、講義の内容はその回の参加者の数も踏まえてハルト様が臨機応変に変えていただいて構いませんよ」

「そうですね、それなら……」

なんとか、講義としての体裁《ていさい》を保つことはできるかもしれない。出席者達に満足してもらえるかどうかは別問題だが……。

「とりあえず初回の出席予定者はおおよそ決まっているので、試《ため》しに一度だけでも指導を行ってはみませんか？　それで次回以降の指導も行うかどうかを判断していただいて構わないので」

と、シャルロットは勧《すす》めてきた。どうやらあとはリオが了承《りょうしょう》しさえすれば初回の講義を開催《かいさい》できる状態にまで段取りは組んであるらしい。ここまで気を遣《つか》ってもらったうえで話を持ってこられたとなると、リオとしても断りにくい。というより、何かと気配りしてく

れているシャルロットへの恩返しにもなりそうなので――、

「……承知しました。では、試しに」

リオは依頼を引き受けてみることにした。

「ありがとうございます。ハルト様ならそう仰《おっしゃ》ってくださると思っていました。では、初回の講義の開催は決定ということで。楽しみだわ、ハルト様の勇姿をまた拝見することが叶《かな》いそうで」

シャルロットは声を弾《はず》ませ、それはもう嬉《うれ》しそうに頬《ほお》を緩《ゆる》めた。

「シャルちゃん、張り切っていたもんね」

「ふふ、サツキ様も面白《おもしろ》そうと仰っていたではありませんか」

同席するだけで今まで黙《だま》って話を聞いていた沙月が、くすりと笑って話に加わる。シャルロットもご機嫌《きげん》に応じた。

「ちなみに、初回の訓練にはどういった方が参加予定なんですか？」

リオが沙月を見つつ尋《たず》ねる。

「まずはサツキ様も参加されます。あとはガルアークから私の護衛を務める近衛騎士《きし》から数名、リーゼロッテに仕える侍女《じじょ》から数名。レストラシオンからもクリスティーナ様とフローラ様の護衛を務める女性騎士の方々が参加する予定です」

クリスティーナとリーゼロッテに視線を向けて答えるシャルロット。すると――、

「シャルロット王女からお話を頂きました。レストラシオンからはヴァネッサとその部下数名がお世話になる予定です。ご面倒《めんどう》をお掛《か》けすることになるかもしれませんが、どうぞよろしくお願いいたします、アマカワ卿《きょう》」

まずはクリスティーナが会釈《えしゃく》して語る。

「私のもとからは王都に同行している侍女から数名が参加させていただきます。こちらもどうぞよろしくお願いいたします」

リーゼロッテもぺこりと頭を下げて続いた。

「となると、顔見知りの方も何人かいそうですね……」

見事に女性ばかりになりそうなのは少し気になったリオだが――、

「承知しました。どこまでお教えできるのかはわかりませんが、こちらこそ」

姿勢を正して会釈し返した。

「ハルト様さえよろしければ数日中にでも最初の講義を行うことができればと思っているのですが、ご都合はいかがでしょうか？　午前、朝食後間もなくからお昼過ぎ頃《ごろ》までの間で調整できればと考えているのですが……」

「その時間帯なら明日からでも可能ですよ」

「本当ですか。では早速《さっそく》、明日からということで。屋敷の皆様《みなさま》も参加あるいは見学なさるなら、裏庭の広場などはいかがでしょうか？　午前九時頃にこちらへ伺《うかが》いますので」

そう言って、シャルロットはその場に同席していたラティーファ達に視線を向ける。

「はい、私はぜひ見学したいです！」

ラティーファが元気よく手を挙げた。

「ハルトさんの教えを受けられるなら、私は教わる側で参加してみたいです」

「私も興味あります」

サラも控《ひか》え目《め》に手を挙げて言い、近接戦闘派のアルマも続く。

「では、ぜひお二人もご参加くださいな。よろしいですよね？」

シャルロットが快諾《かいだく》しつつ、リオに確認《かくにん》する。

「ええ、もちろん。だったら基本は受講する側で、状況《じょうきょう》に応じてお二人に補佐役《ほさやく》をしてもらってもいいですか？」

「はい！」

「任せてください」

リオに頼《たの》まれ、サラとアルマの参加も決まった。

「あとはアイシアも」

「うん、いいよ」

アイシアは二つ返事で頷《うなず》く。

「では、ハルト様の特別指導に関してはそういうことで。セリア様も特別講義を行って頂けるでしょうか？」

シャルロットは満足そうに話をまとめると、セリアに水を向けた。

「いくつか確認させていただきたいのですが、この場にいらっしゃるということは、クリスティーナ様にはお話が通っていると考えてよろしいのですよね？」

「はい。といっても、今のセリア先生はアマカワ卿の下《もと》へ出向している立場にありますから、お二人のご判断にお任せします」

と、クリスティーナはセリアからの問いに回答する。

「ありがとうございます。ちなみに、どのようなお題目の講義をすればよろしいのでしょうか？」

セリアがシャルロットに訊《き》いた。

「どのようなお題目でも構いませんが、学院の初等部高学年から中等部に通う生徒向けの講義を想定いただければと。回毎《ごと》に完結する講義でも構いませんし、何度かの回を経て完結する講義でも構いません。その辺りはハルト様がガルアーク王国に滞在している日数も踏まえてご相談させてくださいな」

「あと一ヶ月はこちらに滞在する予定です。もしセリアが引き受けるのなら、それを目安に日程を組んでください」

リオがガルアークでの滞在期間を告げる。

「ということですので、お引き受けする方向でお話を進めていただければと。講義の内容を考えてみますね」

かくして、セリアの特別講義も開催が決まったのだった。

◇◇◇

翌日の午前中。リオの近接戦闘指導を受けるため、組織の垣根《かきね》を越《こ》えた人材が屋敷の敷地《しきち》へと足を踏み入《い》れていた。

案内役も兼《か》ねて前を歩くのはガルアーク王国の第二王女シャルロット。その背後には彼女《かのじょ》の侍女と護衛を務める女性騎士《きし》達《たち》が付き従っている。

そして隣《となり》を歩くレストラシオンのクリスティーナとフローラ。二人の後ろには同じく二人に仕える侍女と、ヴァネッサを始めとする女性騎士数名の姿があった。

そして王女達の少し後を進んでいくガルアーク王国の公爵令嬢《こうしやくれいじょう》リーゼロッテ。彼女の後ろには世話役と護衛役を兼ねた侍女達《じじょたち》――アリア、コゼット、ナタリーの三人が付き従っている。

門の前にはガルアーク王国に仕える近衛騎士団《きしだん》所属の女性騎士が二人。リオには家臣がおらず、勇者である沙月や王女であるシャルロットの出入りも多いことから、屋敷の警備は近衛騎士団の仕事となっている。

ちなみに、リオが下賜された屋敷はお城の敷地内《しきちない》に建てられているため、スペースには限りがある。その関係で正門の目と鼻の先に家屋があった。代わりに、人目に付かないプライベートな空間として裏庭は広めにスペースが確保されており、武器を用いて手合わせをするのには不足ない程度には余裕《よゆう》がある。

シャルロット達の来訪に備え、正門側の庭に設置されたガゼボ（お茶会や景観を楽しむために作られる屋根と柱だけの簡素な建築物）で憩《いこ》いの時間を過ごしていたリオ達（沙月は昨日の晩から屋敷に宿泊《しゆくはく》していたので、リオ達と一緒《いっしょ》にいる）。来客に気づくと――、

「皆様、ようこそお越しくださいました」

「おはようございます、ハルト様。お約束通り参りました」

「お待ちしておりました」

リオはシャルロット達に歩み寄り、胸元《むなもと》に右手を添《そ》えて一行を出迎《でむか》えた。

「早速ですが、準備が整っているのであれば指導を開始してくださいな」

時間は限られているからか、到着《とうちゃく》早々に本題に入る。

「承知しました。ではどうぞ、裏庭へ」

リオが先導し、一行は裏庭へと移動することになった。裏庭には正門側よりもさらに大きなガゼボがあり、とりあえずはその手前へと足を運ぶ。模擬戦で使用する木製の武具が昨日のうちに運び込まれており、ガゼボの前に立てかけられていた。

「見学なさる方はどうぞガゼボへ。参加される方はそちらに立てかけてある武器の中から得意なものを選んで、こちらへ来て下さい」

リオはそう言うと、立てかけてあった木剣《ぼっけん》を手にして少し離《はな》れた位置へと向かう。すると、アイシアと沙月も木槍《もくやり》を手にしてリオの背中を追う。さらには、サラが木製のダガー二本を掴《つか》み、アルマが木製のメイスを掴んで後を追った。

そして、他の参加者達（ヴァネッサにアリア、コゼット、ナタリーなど）も各々《おのおの》使い慣れた武器を手に取って続いていく。一方で――、

「皆様はどうぞこちらへ」

セリアが促《うなが》し、シャルロットやクリスティーナをガゼボの中へと誘《いざな》った。ガゼボの中に

はテーブルと椅子《いす》が設置されていて、シャルロットやクリスティーナの従者を除く面々はそちらに腰を下ろし、リオ達の様子を眺《なが》める。

リオ達は既にガゼボから十分な距離《きょり》をとっていて――、

「ではこの辺りで」

先頭を歩くリオが立ち止まり、参加する近衛騎士達や侍女達（ヴァネッサやアリア達）と向かい合った。アイシア、サラ、アルマの三人はリオの側に立つ。

「私はこっち側でいいのよね？」

「ええ」

リオに確認を取り、沙月もアリア達に交じって並ぶ。

（参加者は沙月さんと、ガルアーク王国の近衛騎士隊から五人、レストラシオンの近衛騎士隊からも五人、リーゼロッテさんの侍女隊から三人。あとはアイシアとサラさんとアルマさん。合計十七人。本当にみんな女性だな……）

一同の顔を見回し、少しバツが悪そうな顔になるリオ。女性のグループの中で一人だけ男というのはなかなかに心労が溜《た》まるものだ。ガゼボで見学している者達も全員女性であるし、女子校の敷地に男一人で入り込んでしまったような気分になる。

ただ、シャルロットが参加者を女性に限定したのは他ならぬリオのため……、というより、屋敷に暮らす美春《みはる》やラティーファ達のためであることはリオも察している。貴族慣れしていないと伝えてあるし、異性よりも同性の方が抵抗《ていこう》は少ないと配慮《はいりよ》してくれているのだろう。それに、この場にいるのは普段《ふだん》、シャルロットやクリスティーナ達の周囲を警護している者達なので、顔は知っている者も多い。とはいえ――、

「シャルロット様からご依頼を賜《たまわ》り、近接戦闘の指南役をさせていただくことになりました。ハルト＝アマカワと申します」

会話を交えたことがない者も多いので、リオは自己紹介《しょうかい》を行った。すると、参加者達からじっと視線を向けられる。ある者は好奇《こうき》の眼差《まなざ》しで、ある者は憧《あこが》れるような眼差しで、ある者は見定めるような眼差しで……。

「こちらにいる三人は私の友人でアイシア、サラさん、アルマさん。私の補佐役を兼ねて講義に参加します。日頃《ひごろ》からよく手合わせもしていて、三人とも腕《うで》は確かです。それと勇者の沙月様も皆様と一緒に参加することになりました」

リオの紹介を受け、まずはサラとアルマがぺこりと頭を下げる。続けて――、

「沙月です。勇者だからとか堅苦《かたくる》しいのは抜《ぬ》きにして接してくれると嬉しいです。よろしくお願いします」

沙月が自己紹介をして、勇者の地位は抜きにして接してほしいと他の参加者達に呼びか

ける。が、立場上、馬鹿正直《ばかしょうじき》にその言葉を受け止めることもできないので、皆《みな》、恭《うやうや》しく頭を下げて応じた。その姿を見て――、

（あとは実際に手合わせの中で関係を構築していくしかないか）

と、沙月は軽く苦笑いをして思う。

「この講義の目的は近接戦闘の指南ということなので、模擬戦をこなすことに重点を置こうと考えています。私という人間が皆さんの指南役を果たせるのか、正直なところ自信はありません。ですが引き受けたからには責任を持って役目をまっとうする所存ですので、よろしくお願いします。……では、時間も限られているので、始めましょうか」

リオが講義の開始を宣言する。どういう段取りで指導を行うかは昨日のうちに考えたのだが、人に何かを教える経験は不足している。手探《てさぐ》りでやってみるしかなかった。改めてそれを意識したのか、少し緊張《きんちょう》した様子で表情を引き締《ひし》めている。

「講義を始めるにあたって皆さんの実力を把握《はあく》したいので、早速ですが私と一人ずつ手合わせをしてもらおうと思います。こちらで対戦者の実力を把握した時点で中断しますが、有効打が当たった時点でも終了《しゆうりよう》します。ですので実際に私に一撃《いちげき》を与《あた》えるつもりでかかってきてください。魔法《まほう》や魔術の使用は身体能力強化に限って認めます。必要なのは開始の合図くらいですが、審判役《しんぱんやく》はサラさん、お願いできますか？」

「はい。任せてください」

リオに頼まれ、サラが一歩前に出る。早速の手合わせと聞いて、参加者達も気が引き締まったようだ。数多くの武功を残すリオとの手合わせは武人として心惹《こころひ》かれる物があるのだろう。参加者達の実力を知りたいリオと同じく、あるいはそれ以上に、リオの実力を知りたいようだ。

「では、最初の相手は……」

誰にするべきか。リオが参加者を見回すと――、

「ぜひ私に」

「貴方《あなた》は……」

ガルアーク王国所属の近衛騎士から、真っ先に手を挙げる女性がいた。一同の注目が挙手した女性に集まる。

年齢《ねんれい》は二十代前半といったところか。日頃からシャルロットに随伴《ずいはん》しており、時折、見定めるような視線を向けられていることがあるので、リオの印象に残っていたりする。

「ガルアーク王国近衛騎士団所属、シャルロット様の親衛隊長を務めるルイーズ＝シャロンと申します」

「では、最初の相手はシャロン卿に。初めまして……、ではありませんが、ちゃんと挨拶《あいさつ》

をするのは初めてですね。どうぞ、よろしくお願いいたします」

「こちらこそ」

ルイーズは軽く会釈してリオに応じた。

「では、こちらへ」

リオが先導して一団からさらに距離を置く。ルイーズはその背中を眺めつつ、後ろから付いていきながら――、

――ねえ、ルイーズ。明日の特別指導では誰よりも先に貴方がハルト様と手合わせをなさい。隊長の貴方が負けたとあらば、貴方達《たち》の部下もハルト様のことを認めざるをえないでしょう？

昨日のうちにシャルロットから伝えられていた言葉を思い出していた。ハルトの勝利を微塵《みじん》も疑っていないような発言に、武人としてのプライドを傷つけられた……わけではない。近衛騎士であるルイーズ＝シャロンにとって、王族であり警護対象であるシャルロットの言葉は絶対だからだ。シャルロットが黒と言ったら白でも黒になる。

ただ、ハルト＝アマカワという人物に対して、何も思うところがないというわけでもなかった。というのも――、

（ハルト＝アマカワ卿。シャルロット様の想《おも》い人《びと》……）

ルイーズはシャルロットのことを崇拝《すうはい》していた。そして溺愛《できあい》していた。シャルロットがもっと小さい頃から警護を担当し、成長を見守ってきたのだ。不敬になりかねないからその想いは胸の内に秘《ひ》めてはいるが、可愛《かわい》く思わないはずがない。シャルロットに恋《こい》しているといってもいい。それほどにシャルロットのことを想っている。

そんなシャルロットが――、

――ねえ、ルイーズ。ハルト様ったらいつお帰りになるのかしら？

――ねえ、ルイーズ。ハルト様ったらすごいのよ。

――ねえ、ルイーズ。今日、ハルト様が仰っていたのだけど……。

恋する乙女《おとめ》の顔で、一人の男に関する話を毎日のようにルイーズにしてくるのだ。想い人が自分以外の誰かを好きになったようなもので、その誰かに対して何も思うところがないはずがない。

そして、ルイーズの熱意は同僚《どうりょう》である部下達にも伝播《でんぱ》していて、シャルロットの親衛隊に所属する女性騎士達は皆、複雑な思いをリオに抱《いだ》いていた。

ゆえに「シャルロット様のことを幸せにできるんだろうな？　他の女に先に手を出したら承知しないぞ？　というより、こんなに可愛いシャルロット様に手を出したら承知しないぞ？」と言わんばかりの眼差しでリオを見つめるルイーズ。そして、遠巻きから眺める

ルイーズの部下達。さらには——、

（はあ、面白いことになりそうだわ）

自分の親衛隊員達が何を考えているのかなどお見通しで、事の成り行きを愉快《ゆかい》そうに眺めるシャルロット。

（目力の強い人だな……）

当のリオはそんな彼女達《かのじょたち》一同の思いなどつゆ知らず、ルイーズと向かい合い、ややバツが悪そうに視線を受け止めていた。が——、

「《身体能力強化魔法《エンチャントフィジカルアビリティ》》。シャロン卿も身体能力を強化してください」

気を取り直して呪文《じゅもん》を詠唱《えいしょう》し、着用している魔道具《まどうぐ》の腕輪《うでわ》に込められた魔術で身体能力を強化した。術式が浮《う》かび上《あ》がり、リオの身体《からだ》が光に包まれる。精霊術で強化してしまうとリオの方が身体能力が高まってしまうので、発動するフリだけしてキャンセルすることはしない。本当に条件を対等にするのだ。

「はい、《身体能力強化魔法《エンチャントフィジカルアビリティ》》」

ルイーズはリオのように魔道具には頼《たよ》らず、習得している魔法で強化を行った。

「手合わせのルールは先ほど説明した通りです。私に一撃を入れるつもりで、武器でも体術でもご自由にお使いください」

「承知しました。手を抜くつもりは毛頭ございませんので」

敵意というほどではないが、じっとリオを見つめて頷くルイーズ。一方で――、

「はい、ぜひお願いします」

「…………」

爽《さわ》やかに、良い笑みを浮かべて応じるリオ。すると少し毒気を抜かれたのか、ルイーズは困ったような顔になる。

「ではそろそろ始めましょうか。サラさん。開始の合図をお願いします」

リオはルイーズのわずかな表情の変化を気に留めず、サラに語りかける。

「はい。では、五つ数えた後、開始します。準備はよろしいですね？」

と、サラから確認され――、

「ええ」「いつでもどうぞ」

二人とも首を縦に振《ふ》った。それから――、

「五、四、三、二、一、始め！」

いよいよ手合わせが始まる。

「…………」

ルイーズは合図と同時に無言のまま勢いよく走りだして、リオへと接近した。両者の距

離は五メートル程度だったが、一瞬《いっしゅん》にして間合いが埋《う》まる。そのまま無駄《むだ》のない動作で木剣を振るい、リオに斬《き》りかかった。が——。

リオは軌道《きどう》を完璧《かんぺき》に見切っていて、ルイーズの木剣が十分に勢いづく前に踏み込んでパリィしてしまう。ルイーズも前に踏みこもうと重心を置きにいっていたものだから、剣《けん》を弾《はじ》かれたことで否応《いやおう》なしに体勢が崩《くず》れ、見事に勢いが殺されてしまう。

見事なタイミングのパリィだった。後少しでもパリィのタイミングが遅《おく》れていればルイーズも前に体重を乗せきることができたので、後ろに弾かれることはなかっただろう。

（っ……、まずい。カウンターがくる）

開始早々に敗北を予感し、冷《ひ》や汗《あせ》を流すルイーズ。だが、リオは踏み込んではこず、それどころか少し下がって木剣を構え直す。

「………今、どうして追撃《ついげき》を仕掛《しか》けてこなかったのですか？」

ルイーズは訝《いぶか》しげに疑問を口にした。ほんの一瞬ではあったが、姿勢を整えるまでに隙《すき》を作ってしまったのだ。リオがそれを見逃《みのが》す相手ではないことは、今のパリィでよく理解した。だからこその疑問である。

「これはルイーズさんの実力を知るための手合わせですし、勝利を目的としているわけではありませんから」

「……正直、最初の一撃でかなりの実力差を痛感させられたのですが……。様子見で斬りかかったとはいえ、情けない剣筋でした」

ルイーズは歯がゆそうな面持《おもも》ちで語った。ある程度の実力があるからこそ、より高みにいる相手との実力差がよくわかったのだろう。

「そんなことはありませんよ。無駄のない洗練された動きでした。それだけに動作を予測しやすくもありましたが……。後少しでもこちらが振り遅れていたらカウンターのタイミングを作ることはできなかったと思いますし」

と、リオは事もなげに語るが――、

（一瞬でもタイミングがずれていたらカウンターの機会は生まれなかったはず。だからこそ、そのタイミングを見切って剣を当ててきたことが信じがたいのですが……、どう考えても狙《ねら》って当ててきたはず。いったいどういう戦闘センスをしているというのですか？想像以上の実力ですね）

身体能力を強化して剣を振るっていたし、そのタイミングはおそらくコンマ一秒もなかっただろう。そう分析《ぶんせき》し、ルイーズは言葉を失いかける。

「他になければ手合わせを再開しましょう。どうぞ、遠慮《えんりょ》せずに来てください」

「……承知しました」

ルイーズはぎこちなく頷いてから大きく深呼吸をし、気持ちを切《き》り替《か》えたのだった。

◇◇◇

数十分後。

リオは参加者達との手合わせを続々とこなしていた。既に十一人と対戦を済ませているが、現時点でリオに一撃を当てることができた者は誰一人《だれひとり》としていない。十二人目の今はリーゼロッテの侍女であるナタリーと手合わせをしていた。

（ガルアーク王国とレストラシオンの近衛騎士十人と休みなく手合わせをし続け、全戦全勝とは恐《おそ》れ入る。クレティア公爵《こうしやく》家の侍女も噂《うわさ》通りかなりの腕利《うでき》きだが……）

ルイーズは呆《あき》れと感心の混ざった笑いを口許《くちもと》に覗かせながら、危なげなく連戦連勝するリオの動きを食い入るように観察していた。他の近衛騎士達も口数は少なく、真剣《しんけん》な表情で観戦を行っている。今ここにいるのは武人として研鑽《けんさん》を積んできた者だけだ。リオに敵《かな》わなかったことを悔《くや》しいと感じ、吸収できる動きはないかと目を光らせているのだろう。

その一方で、同僚が戦う姿を並んで観戦しているコゼットとアリア。

「見事にあしらわれているわねえ、ナタリー」

「貴方も先ほど見事にあしらわれていたでしょう」

と、指摘《してき》するアリア。そう、既にリオと手合わせをしたコゼットだが、いたずらに体力を消耗《しょうもう》し、番狂《ばんくる》わせが起きることもなく終わってしまった。のだが——、

「まあね。でも、強いのはわかりきっていたことだけど、魔剣《まけん》なしの純粋《じゅんすい》な剣技だけでもあそこまで強いなんて……。築き上げた名声は本物ね。実際に戦ってみて想像以上に実力差を感じたもの。素敵《すてき》だわ、本当に」

コゼットは手も足も出なかったことなど気にしておらず、それどころかうっとりとした顔でリオを眺めて言う。そんな同僚にやれやれと呆れを帯びた眼差しを向けるアリア。

「当然でしょう。多少剣技に秀《ひい》でている程度では魔剣を装備したとて王の剣を倒《たお》すことなど不可能です。才能と努力。その両方に恵《めぐ》まれていなければ、あの年齢であれほどの領域に到達《とうたつ》することなどは叶わぬはず……」

「努力する天才か。同じ天才の貴方なら一撃を加えることはできるのかしら？」

「……別に私は天才ではありませんが、実際に剣を交えてみなければわかりませんね」

天才と評されるのはあまり好きではないのか、アリアが少し渋《しぶ》い面持ちで答える。

「次は貴方の番よ。鬼《おに》のように強いうちの侍女長《じじょちょう》とハルト様。どちらが強いのか楽しみに見物させてもらうから。ほら、直に終わりそうよ」

手合わせを眺めながらコゼットが言う。ナタリーは二本の木製ダガーを手にして果敢《かかん》にリオへと迫《せま》っている。リオはナタリーの動きを観察したいのか反撃《はんげき》は控え目なので、ナタリーがほとんど一方的に攻撃《こうげき》を加え続けている形だ。

だが、最小限の動きでリオに攻撃を避《よ》けられ続けているので、連戦中のリオよりもナタリーの方が息が上がっている。リオが手合わせを切り上げるのは時間の問題だろう。

「攻撃を与えられなくてムキになっているわね。あの子負《ま》けず嫌《ぎら》いだから」

ダガーを振るうナタリーの顔は真剣でこそあるが、傍《はた》から見てムキになっているようには見えない。ただ、同僚であるコゼットの目を誤魔化《ごまか》すことはできないのだろう。

すると——、

「ここまでにしましょう」

「…………はい」

リオが剣を下ろし、手合わせの中断をナタリーに指示した。もっと戦いたそうな顔をしたナタリーだったが、素直《すなお》で聞き分けがいい性格をしているのか、手にしたダガーを下ろして首を縦に振る。

「この先も手合わせの機会はあると思うので、続きはその時に」

リオはナタリーの表情から感情を察したのか、口許をほころばせて言った。

「は、はい」

図星だったのか、ナタリーが気恥《きは》ずかしそうに頷く。

「最後はアリアさん。お願いします」

リオは声を大きくして、離れた位置にいるアリアに呼びかけた。

それから、ナタリーが立ち去り、アリアが入れ替わりにやってくる。五メートルほどの距離を置いて向かい合い――、

「どうぞ、よろしくお願いいたします」

「こちらこそ」

折り目正しくお辞儀《じぎ》をしてきたアリアに、リオが会釈し返す。

「準備が良ければ五つ数えた後に手合わせを始めます。魔法か魔術で身体能力を強化してください」

「私はいつでも大丈夫《だいじょうぶ》です。《身体能力強化魔術》」

「私も問題ありません。《身体能力強化魔法《エンチャントフィジカルアビリティ》》」

リオとアリアが身体能力を強化し――、

「では、数えますね。五、四、三、二、一、始め！」

サラの合図により、二人の手合わせが始まる。

アリアが開始と同時にリオへと迫った。そして彼女が動いたかと思った次の瞬間《しゅんかん》には、間合いに捉《とら》えたリオめがけて木剣を振るっていた。素人はもちろん、ある程度の訓練を受けた戦士であっても反応が難しい素晴《すば》らしい動きだが――。

リオも木剣を振るって攻撃を弾く。しかし、初撃を防いだ程度でアリアの動きが止まることはない。素早《すばや》く、美しい動作で剣を振るい、リオに一撃を当てようと試みる。その様子を見て、審判役のサラが感心したように目をみはっていた。そして――、

（……やっぱり参加者の中だとアリアさんが一番強いな）

リオもアリアの実力をひしひしと感じ取っていた。同じリーゼロッテの侍女であるナタリーやコゼットも近衛騎士団の隊長クラスであるヴァネッサやルイーズと同等程度には強かったが、アリアの剣士《けんし》としての技量は王の剣であるアルフレッドに迫るだろう。公爵家の令嬢《れいじょう》であるリーゼロッテの侍女長に選ばれるだけの実力は十分以上に秘めている。

（アリアさんの相手はアイシアじゃないと務まらないな。サラさんとアルマさんの二人がかりなら良い勝負になるかもしれない）

と、リオはアリアの攻撃を捌《さば》きながら考える。精霊術の使用制限がなければ結果が変わるかもしれないが、同じ条件で手合わせを行った場合、サラやアルマでもアリアには勝てないだろう。

仮にリオとアイシアを除いてランキング戦を行ったら、アリアがダントツで、次点でサラとアルマ。その下にナタリー、コゼット、ヴァネッサ、ルイーズ辺りが収まるといったところか。そして次に近衛騎士団の一般《いっぱん》団員達《たち》が順にランクインするはずだ。

ちなみに、沙月は身体能力を強化しようとすると、神装を顕現《けんげん》させていなくても神装による強化が発動してしまう。他の参加者達と条件を同じにすることはできないのでランキングの予想に組み込むことはできないが、神装、精霊術、魔剣での身体強化に制限をかけない手合わせなら、上位にランクインできるかもしれない。

城内の屋敷《やしき》で暮らすようになってから何度か沙月と手合わせをしているが、短期間で目覚ましい成長を遂《と》げている。ただ――、

（本当に強いな……）

それでも今の沙月がアリアに勝つことは難しいだろう。それだけアリアの技量は卓越《たくえつ》している。動きの一つ一つが洗練されていて無駄がない上に、動きを予想しづらいように上手《うま》く技術を駆使《くし》してくる。それに――、

（スカートを穿《は》いているから間合いの予想が難しい。給仕《きゅうじ》服を着て戦う侍女の姿はなかなかに奇抜《きばつ》に見えるけど、武器の使用を前提に考えるなら合理的な戦闘《せんとう》装束なのかも。徒手《としゅ》空拳《くうけん》だと掴みやすいけど……）

例えば、手練《てだ》れの戦士は身体の予備動作から相手の動きを見切るが、踏《ふ》み込《こ》みや蹴《け》りのタイミングなど、足の動きは特に重要な視覚情報だ。だから、予兆となる身体の予備動作をあえてフェイントとして用いたり、予備動作を極力隠《かく》すような技術を習得したりするわけだが、足の動きを隠すために長いスカートを穿くのは上手い手だ。リオも普段は長いコートを着用して足の動きを見えにくくしているが、隠すことができる面積はスカートには劣《おと》る。

とはいえ、スカートを着用していたのはコゼットやナタリーも同じだった。その二人よりもアリアの方が戦いにくいとリオが感じているのは、アリアの技術がそれだけずば抜けているからである。スカートで足を隠した上で予備動作を見抜《みぬ》かせない技術を完璧に駆使してくるので、身体能力自体は他の者達と大差はないのに、他の者達よりも速度が増したように錯覚《さっかく》してしまう。しかも、最速で、常に最適解の動きをとり続けている。

ただ、リオもアリアの動きに完璧に対応しきっているわけで、二人の手合わせは他の者達よりも遥《はる》かに高度な内容になっていた。リオも他の者達との手合わせでは動いてせいぜい数メートルだったが、今は大きく動き回ることを余儀《よぎ》なくされてアリアの攻撃に対処している。手合わせを観戦している者達は大きく目を見はっていた。

特に、アリアの実力を知っている者達はともかく、初めてその強さを垣間見《かいまみ》た者達（主

に近衛騎士）が呆気《あっけ》にとられている。

「凄《すさ》まじいな……」

「レディ・リーゼロッテお抱《かか》えの侍女長は凄腕《すごうで》だと噂に聞いたことはあるが……」

ヴァネッサがアリアを見てぽつりと呟《つぶや》いた。

ルイーズがそれに応《こた》えるように続く。

「あそこまで攻めに転《せ》じているアリアの猛攻《もうこう》を完璧に捌ききっているハルト様も大概《たいがい》なのよねえ……。私達じゃもって数秒だし」

少し離れた位置で会話を聞いていたコゼットがぽつりと呟く。リーゼロッテの侍女達は毎日のように訓練を行っているが、それを仕切っているのが侍女長であるアリアだ。定期的にアリアと一対一で模擬戦《もぎせん》を行うメニューもあるのだが、それが地獄《じごく》のしごきだと侍女達の間で恐れられていたりする。

「なあ、君達。何者なのだ、彼女は？」

ヴァネッサがナタリーとコゼットに尋ねた。

「うちの侍女長ですよ。名はアリア」

コゼットが肩《かた》をすくめて答える。

「それは自己紹介の時に聞いて知っているが……、どういう経歴の持ち主なんだ？　ベルトラム王国流の剣術《けんじゅつ》を習得しているみたいだが」

と、ヴァネッサは疑問を続けた。同じベルトラム王国流の剣術を習得しているから、流派が同じことに気づいたのだろう。

「んー………、まあ、このことは本人が隠していないからいいか。ベルトラム王国の子《し》爵《しゃく》家の生まれだからですよ」

前にアリアが顔見知りのベルトラム王国所属騎士《きし》とたまたま再会した時に、本人が話していたことだ。

「我《わ》が国《くに》の子爵令嬢《ししゃくれいじょう》だったのか。それがどうしてガルアーク王国の公爵令嬢に……」

侍女《じじょ》として仕えることになったというのか。子爵家の生まれでアレだけの剣の腕があるのなら近衛騎士団に所属することは普通《ふつう》にできただろうし、間違《まちが》いなく出世頭《しゅっせがしら》になっていただろう。王族であるクリスティーナかフローラの護衛役に収まっていてもおかしくないくらいだ。というよりぜひ収まっていてほしかったと、ヴァネッサはそんな顔になる。

「プライバシーに関《かか》わることなので、これ以上のことは本人から聞いてください。本人はまったく気にしていないので隠しもしないでしょうが、訳ありなので」

「む、そうなのか……。いや、そうか、そうだな」

ヴァネッサは空気を察したのか、それ以上の追求をすることはしない。しかし、国内出身の超有能《ちょうゆうのう》な人材が他国へ流出してしまったことを惜《お》しく感じているのか、歯がゆそうに唇《くちびる》を結んでいる。すると、そこで――。

受けに徹《てっ》していたリオが、攻撃に転じた。アリアが振るった木剣の軌道を追いかけて同方向に剣を振るって薙《な》ぎ払《はら》うと、返す刀でアリアに反撃を行う。アリアは剣を薙ぎ払われた時点で力の流れに沿って横に飛び、リオが切り返してきた木剣をすんでの所で躱《かわ》した。

リオはそのままアリアへと接近して追撃を仕掛ける。これまで手合わせをした者達にはリオから積極的に攻撃を仕掛けることはしなかったので、観戦している者達が少しざわつく。それは少なからずアリアにも共通していた。

「っ……」

他の参加者達のように積極的に攻撃されることはないと思っていたのか、アリアはわずかに目を見開く。だが、それでも動揺《どうよう》して崩れることはなく、リオの攻撃に対処する。バックステップを踏みながら攻撃を捌くアリアめがけて、リオが前進しながら舞《ま》うように剣を振るう。

リオの攻撃も実に見事で、観戦者達が息を呑《の》みこむ。だが、そのままちょうど十合、剣をぶつけ合ったところで――、

「この辺りにしておきましょうか」

リオが立ち止まり、手合わせの終了を申し出た。

「……はい」

アリアは小さく息をつくように返事をし、剣を下ろす。

「では、皆さんのところへ戻《もど》りましょう」

「承知しました」

歩きだしたリオの背中を、アリアは眺めながら――、

(本当にとんでもない少年ですね……。剣技の完成度もそうですが、歴戦の達人を思わせるほどに腰《こし》を据《す》えた戦い方をする。これで十六歳《さい》というのだから恐れ入る)

年上であるはずの自分の方が振るう剣に若さ特有の熱が込められていたのではないだろうかと、半ば呆れ気味《ぎみ》に思うアリアだったが――、

(これだけの相手と思い切り戦える機会にはそうそう恵まれません。せっかく恵まれた機会ですし、存分に楽しませてもらうとしましょう)

嬉《うれ》しそうに口許をほころばせてもいた。それから、リオ、アリア、そして審判役を務めていたサラの三人が近衛騎士達のもとへと戻る。そして――、

「手合わせをしてみて皆さんの実力や戦闘スタイルはおおよそ把握しました。気づいた点も色々とあったので、それらも課題として取り入れて講習を進める予定です。皆さんに今

よりも強くなってもらうのがこの講習の目的なので、一対一や多対一、多対多などとにかく模擬《もぎ》戦闘《せんとう》をこなして実戦に役立つことを色々と学べるようにできればと思います。時には手探りに指導していくことになるかもしれませんが、改めましてどうぞよろしくお願いします」

と、リオは講義の方針を伝えてから、全員の顔を見回して会釈《えしやく》した。リオに頭を下げられると、参加者達はぱちぱちと目を瞬《まばた》いていたが——、

「……はい！」

元気よく声を重ねて返事をする。

「何か質問のある方はいらっしゃいますか？」

「はい！」

勢いよく手を挙げる者がいた。

「なんでしょうか、沙月さん？」

「私とは手合わせをしてくれないの？」

「沙月さんもこの屋敷に来るようになってからよく手合わせをしているじゃないですか。だからサラさんやアルマさん、アイシアと同じで実力はよくわかっていますから」

「むう……」

楽しみにしていたのに、と沙月は可愛らしく唇を尖《とが》らせる。

「沙月さんは講義の時間外でも手合わせできるので、その時にまたやりましょう」

「約束よ？」

「ええ」

リオは困ったように肩をすくめながらも、笑《え》みを覗《のぞ》かせて頷《うなず》く。

「やった。楽しみにしているね」

沙月もにこにこと喜んで返事をする。そんなやりとりを見て、近衛騎士や侍女の面々は二人の間柄《あいだがら》がなかなかに親密なことを察する。

「では、時間ももったいないので、先ほどの手合わせも踏まえて次のメニューに移りましょうか」

この後も、お昼になるまで二時間ほど講義は続き、参加者達は実に有意義な訓練を積むことになったのだった。

◇◇◇

一方、講義が終わる一時間ほど前になると、見学していた少女達（美春、セリア、ラテイーファ、オーフィア、シャルロット、リーゼロッテ、クリスティーナ、フローラ）は一足先に屋敷の中へと戻っていた。

目的は昼食の用意と、昨日、完成したばかりの屋敷の風呂《ふろ》を客人達に堪能《たんのう》してもらうためだ。王族が暮らす想定だから屋敷は無駄に広く造られている。もちろん浴室ももともとあったのだが、リオが今後屋敷を留守にしている間も沙月がお風呂を楽しめるようにと改築を実施《じっし》したのだ。

家の住人（ほぼ同棲《どうせい》している沙月、シャルロットも含《ふく》む）は昨日のうちにお風呂に入っていたが、クリスティーナ、フローラ、リーゼロッテの三人は入っていない。三人ともお風呂には興味を持っていたので、ある程度見学をしたら三人を案内するよう事前に打ち合わせていたというわけだ。

美春、オーフィア、ラティーファの三人がお昼ご飯を用意している間に、セリア、シャルロット、リーゼロッテ、クリスティーナ、フローラの五人が先に入ることになる。侍女に手伝ってもらい脱衣所《だついじょ》で服を脱《ぬ》ぎ、お風呂場へ通じる扉《とびら》を開けると――、

「わあああ……」

「素晴らしいわね……」

まずはフローラがキラキラと目を輝《かがや》かせ、クリスティーナも感嘆《かんたん》の声を漏《も》らした。二人

はパラディア王国からガルアーク王国へと帰還《きかん》する折に岩の家でお風呂を堪能した経験があるので、驚《おどろ》きよりも好奇心《こうきしん》や感心の方が強いのだろう。

　ただ、岩の家のお風呂が岩風呂《いわぶろ》なのに対し、この屋敷のお風呂は木風呂である。室内には壁《かべ》、床《ゆか》、浴槽《よくそう》と、木材がふんだんに使用されており、なんとも和テイストな風情《ふぜい》が漂《ただよ》っていた。

「ずいぶんと立派な浴槽ですね……」

　リーゼロッテが真っ先に着目したのは浴槽だった。シュトラール地方での一般的《いっぱんてき》なお風呂は湯浴《ゆあ》み式なので、設置されている浴槽も身体を洗うお湯を溜めることだけを目的とした浅く控《ひか》え目《め》なサイズのものである。

　しかし新たにリオ達が設置した浴槽は人がお風呂に浸《つ》かるためのものであるから深い。その上、十人くらいまでなら窮屈《きゅうくつ》さを感じずに浸かることが可能なほどに大きい。溢《あふ》れ出《だ》さんばかりになみなみとお湯が張っていて、湯気が立ちこめていた。

　壁と床、浴槽と一面に敷《し》き詰《つ》められた木のタイルが実に明るい印象を与えており、窓を開ければバルコニーから裏庭を眺めることができるから、半露天風呂気分を味わうこともできるだろう。

　リーゼロッテも日本式のお風呂が忘れられなくてアマンドの屋敷にちょっとした浴室を

作ったが、入れてせいぜい三人程度の広さしかない。

「もともと浴室だったこの部屋をハルト様とアルマ様がお二人で改築されたのよ。なんでもサツキ様やミハル様がもともといらした世界のお風呂を再現されたとか」

と、昨日のうちにお風呂を堪能済みのシャルロットが解説する。

「本当に素晴らしい……」

日本人だった前世の記憶《きおく》が呼び起こされたのか、あるいは素晴らしいお風呂を前にただただ感心したのか、嘆声《たんせい》を漏らすリーゼロッテだが――、

（……でも、ちょっと待って？　この屋敷を下賜《かし》されてからまだ十日程度よね？　こんなに素晴らしいお風呂をたった十日程度で作ったの？　たったの二人で……）

ふと首を傾《かし》げ、我に返った。そして、その上で改めて浴室を見回し、その完成度の高さに驚かされる。パッと見で工事の拙《つたな》い部分は見当たらないどころか、素人《しろうと》が日曜大工で改築したとは思えない綺麗《きれい》な仕上がりである。どこかで大工仕事を習得した者の仕事であることは確かだった。

（剣士としては超一流《ちょういちりゅう》。料理の腕も見事だし、趣味《しゅみ》で造るお酒も逸品揃《いっぴんぞろ》い。高度な魔術《まじゅつ》の知識もあるみたいだし、大工仕事もこなせるとか、どんだけ多才なのよ、ハルト様？）

なんとも引き出しの多い人物だと、リーゼロッテは感心を通《とお》り越《こ》して半ば呆れているよ

うな顔になる。ただ、商人としてのリーゼロッテから見ればそれだけ魅力的《みりょくてき》な人物でもあるということだ。どの引き出しにも魅力的な何かが詰まっていて、商売で上手く活用すれば莫大《ばくだい》な富を生み出すことも可能であろう。

ゆえに、利益を追求する商人としては積極的に交渉《こうしょう》するのが正解だろうし、実際に交渉したい衝動《しょうどう》にも駆《か》られているのだが――、

（なんか遠慮しちゃうのよね。何か出てくる度に商談を持ちかけて、商売の話ばかりする相手だと思われるのも嫌《いや》というか……）

現状ではあまりそういった話は積極的にできていなかった。商人としては失格なのかもしれないが、打算的な関係を築くことに気が引けてしまうのだ。その理由はリーゼロッテ本人にも上手く言語化できなくて、悩《なや》みの種でもある。すると――、

「どうしたんですか、リーゼロッテさん？」

浴室の入り口で立ち止まっていたリーゼロッテを不思議に思ったのか、セリアが首を傾げて話しかけてきた。

「あ、いえ、本当に素晴らしい浴室だなと……。ですが、これだけの施設《しせつ》だと運用もなかなか大変ではありませんか？　水自体は魔法で用意はできそうですが、入る度に用意するのは手間ですし、お湯を沸《わ》かすのも大変そうというか……」

「流石《さすが》、よく気づかれますね。よかったらその辺りのことを説明しましょうか」

「はい、ぜひ」

リーゼロッテは力強く首を縦に振った。

「じゃあ、身体を洗いながら。どうぞこちらへ。石鹸《せっけん》の使い方も説明しますので」

そう言って、セリアはリーゼロッテを洗い場へと案内する。シャンプー、トリートメント、ボディソープなどの使い方を説明すると――、

「……あの、セリアさん。こちらの石鹸類はいったいどちらで？」

ボトルから垂らした液体石鹸の香《かお》りを嗅《か》ぎ、リーゼロッテがやや遠慮がちに質問した。液体石鹸はリッカ商会でも開発して取《と》り扱《あつか》っているが、このお風呂場にある石鹸はリーゼロッテが知る香りではなかったのだ。

お風呂の水を浄化《じょうか》したり、温めたりする魔術の話も気になったが、そちらはひとまず放置である。商人としても女性としても石鹸が気になりすぎるからだ。

「全部ハルトが作ってくれたものです。あの子、こういうのにも詳《くわ》しいから」

「……本当に多才すぎませんか、ハルト様？」

唖然《あぜん》としかけたリーゼロッテだったが、先ほども思った本音を思わず口からこぼす。

「ふふ、私もよく思います。あまり人に頼らない生き方をしてきたからか、何でも一人で

やろうとしちゃうんですよね。だから、色んなことを身につけたんだと思います。知らないことを学ぶのも好きみたいですし、凝《こ》り性《しょう》なのか自分に要求するレベルも高くて……」

それがリオの自己評価が低いことにも繋《つな》がっていたりするのよね――と考えつつ、セリアは苦笑《くしょう》がちに同意した。

「なるほど、職人気質なのかもしれませんね」

と、リーゼロッテは唸《うな》るようにリオの人物像を評価する。

「ああ。確かに、そうかもしれません」

セリアはうんうんと頷く。だいぶしっくりとくる評価だった。すると――、

「ハルト様のお話ですか？」

シャルロットがすかさず話に加わってきた。当たり前だがすぐ傍ではクリスティーナとフローラもいて、身体を洗う手の動きを止めて耳を傾《かたむ》けている。

「はい。ハルトがこの石鹸を作ったので、多才ですねという話を」

と、セリアは簡潔に話を伝えた。

「まさしく、ハルト様は素敵な御方《おかた》です」

シャルロットが力強く断言する。

「微妙《びみょう》に話題がかみ合っていないような……」

「あはは……」

セリアとリーゼロッテが声を揃《そろ》えて苦笑した。

「それはさておき私もハルト様の石鹸を使ってみて一晩経《た》っての感想だけど、リッカ商会で作る石鹸よりもだいぶ質が良いように思うわ」

シャルロットはリーゼロッテに視線を向けながら、ご機嫌《きげん》に語る。

「……それは気になります。後学のためにぜひ、違《ちが》いを教えていただいてもよろしいでしょうか？」

リーゼロッテは一商人として強い興味を示す。シャルロットはこういったことでは決して嘘《うそ》はつかない人物である。自身の商会で取り扱う品よりもかなり優《すぐ》れていると聞いて気にならないはずがない。

「香りは好みだから甲乙《こうおつ》つけがたいけど、大きく差が開いているのは美容の効果ね。例えばシャンプーでいうと翌朝の髪《かみ》のまとまりも手櫛《てぐし》の指通りも本当に違うわ。私の髪質《かみしつ》に合っているだけかもしれないけど、寝起《ねお》きでも手触《てざわ》りが最高なの。ボディソープもお肌《はだ》の調子が段違《だんちが》い。保存期間もリッカ商会のものより長いみたいだし」

「いずれもこちらでも感じていた反省点です。ちょうど改良品を製作できないか模索《もさく》しているところだったのですが……」

「ハルト様がここにある石鹸類の作り方を教えてくださるそうだから、貴方《あなた》の商会で取り扱ってみてはどうかしら？　もちろん使ってみてその効果に満足したらの話だけど」

その確信はある。と、シャルロットはそう言わんばかりに不敵な笑みを浮かべた。リーゼロッテとしてもシャルロットの物を見る眼《め》に疑いはない。

「それは、願ってもない話ですが……、よろしいのでしょうか？」

「ええ、昨夜の内にハルト様の承諾《しょうだく》は得ているから、私が仲介《ちゅうかい》してあげる。ただし、売上の一部をハルト様にお譲《ゆず》りすることと、私とサツキ様が今後使用する分……、それとクリスティーナ様とフローラ様の分も最優先で安定供給するのが条件よ」

なんとも仕事が早いシャルロット。クリスティーナとフローラに恩を売っておくのも忘れていない。

「御意《ぎょい》。お任せください」

リーゼロッテは実に滑《なめ》らかに頷く。

「……ありがとうございます」

石鹸類を融通《ゆうずう》してもらう話はまったくの初耳だったのか、クリスティーナが瞠目《どうもく》して礼を言う。その口許は嬉しそうにほころんでいる。

岩の家のお風呂と石鹸類の素晴らしさはリオと旅をしている間に堪能した。今まで湯浴みは清潔さを保つために行うものでさほど楽しんで行うものでもないという認識《にんしき》を抱《いだ》いていたクリスティーナだが、その認識を考え直したほどである。

ロダニアに帰ってからもあのお風呂と石鹸をまた味わってみたいと焦《こ》がれていたが、リオへの遠慮からそれを口にすることは敵《かな》わなかった。それがこうして浸かるお風呂に入ることが叶《かな》い、石鹸類まで安定供給してくれるのだから、嬉しくないはずがない。

「ありがとうございます！」

フローラも声を弾《はず》ませて礼を言う。

「では、そういうことで。それと、今度城内にも浸かるお風呂を試験的に導入してみることにしたの。そのための技術もハルト様とセリア様から教わるのだけど、その改築も貴方の商会に任せていいかしら？」

「もちろん……。ですが技術ということは、この浴室の改築にはやはり何か特殊《とくしゅ》な技術が用いられているのでしょうか？」

シャルロットからの依頼《いらい》を了承《りょうしょう》しつつ、伏《ふ》せられている情報にも興味を示すリーゼロッテ。すると――、

「水を温めてお湯にする魔道具《まどうぐ》と水を清潔に保つための魔道具があって、それにハルト達と私で開発した未公開の術式が使われているんです。近日中にガルアーク王国とレストラ

シオンに術式の開発者登録も行うことを決めたんですけど……」

セリアがその解説を行った。開発者登録とは現代地球でいう特許のようなものだ。新たに開発した術式を公開した者に対して、その術式を独占的《どくせんてき》に使用する権利を与《あた》える制度である。公開された術式は国が厳重に管理を行い、開発者以外の者がその術式を研究あるいは使用する場合は開発者に対して使用料を支払《しはら》わなければならない。

「その前にいち早く術式を教えてもらうことにしたの。浸かるお風呂は石鹸類と組み合わせることで色々と交渉の材料にも使えそうだし、普及《ふきゅう》させない手はないと思ったから」

シャルロットがセリアの言葉を繋げた。何の交渉に使うのかはわからないが、意味ありげな含《ふく》み笑《わら》いを覗かせている。ただ――、

「なるほど……」

「女性貴族達はこぞって求めるでしょうからね」

クリスティーナやリーゼロッテはそれだけで色々と察したような顔になった。現状、ガルアーク王国やベルトラム王国に出回っている石鹸類で最高の品質を獲得《かくとく》しているのはリッカ商会の石鹸類だ。それを大きく上回る石鹸類が誕生したとなれば、購買層《こうばいそう》である王侯《おうこう》貴族や豪商《ごうしょう》などの妻や娘達《むすめたち》を虜《とりこ》にするのは間違いない。美容にも顕著《けんちょ》な効果があるというのであれば尚更《なおさら》だ。一度その効果や楽しみを知ってしまえば、継続《けいぞく》してそれを手に入れた

いと思うのが道理であろう。

となれば、開発者や供給主の立場を利用しての活用の仕方などいくらでも思いつく。少なくとも貴族の半数である女性達に対する強力な武器を獲得したのと同義だ。

（今のところ大きな動きはないけどハルト様の台頭を嫌《きら》う者達もやはりいるようだし、手札は少しでも多くしておかないとね）

何か仕《し》掛《か》けてきた時に反撃する準備は整えておく必要があるし、味方を増やしておく必要もあるし、布石も打っておく必要がある。

今回、リオに戦闘指導を頼《たの》んだり、セリアに講義を頼んだりしたのもその一環《いっかん》だ。リオは特定の派閥《はばつ》にこそ明確に属さないが、国王であるフランソワや第二王女であるシャルロットの庇護《ひご》下にあるといってよい。ゆえに、まず味方につけなければならないのは王族を警護する近衛騎士達《きしたち》である。だからこそリオに近衛騎士達の戦闘指導を頼んだのだが、参加者達の様子を見学した感じだと上手い具合にリオに好印象を抱いたように思える。思惑《おもわく》通りの結果になったといってよいだろう。

それに、ベルトラム王国の名高い天才魔道士であるセリアが、ハルト＝アマカワと懇意《こんい》にしているから特別にガルアーク王国で講義をすることになった……というのも、人脈の広さを見せつける良い喧伝《けんでん》となるだろう。

無論、それでもハルトに反感を抱く者は完全にはいなくならないだろうが――、

（それはそれできっと面白《おもしろ》いことになるでしょうし、楽しみだわ）

そう考え、上機嫌《じょうきげん》になるシャルロットだった。

◇　◇　◇

リオの戦闘指導が終わると、出席者達は屋敷の中へ案内された。目的は午後から職務へ復帰する前に昼食をとり、出席者同士の交流を深めるためである。

ただ、その前に身体《からだ》を動かしてかいた汗《あせ》を流すべく、一同をお風呂へと案内することになった。屋敷には女性用と男性用の大浴場がある。アルマと分担して作業をすることでいずれも完成しているので、男湯も開放して半々に分けて入浴してもらうことにした。その間にリオも主寝室《しゅしんしつ》に備え付けられている小浴室でサッと身体を洗う。

そうして汚《よご》れを落とすと、昼食の準備をしていた美春達の手伝いを行う。やがて出席者達も入浴を済ませると、大食堂へと案内して――、

「それでは、そろそろ始めましょうか」

シャルロットが取り仕切って、昼食会が行われることになった。室内には複数のテーブ

ルが設置されているが、出席者同士の交流会という名目で行われているので、特定の席順は決めていない。

立食形式で自由に動き回って好きな相手と話をしてもいいし、座《すわ》って食べたければ着席してもいい。料理は部屋の中央にあるテーブルに並べられており、各自好きな料理を皿によそって食べることができるようになっていた。

「料理はミハル様とオーフィア様が手ずから作ってくださったものよ。一部の料理はハルト様も作られたそうだから、変に気をつかって遠慮《えんりょ》などしないで、冷めないうちに頂くといいわ。堅苦《かたくる》しいのは抜《ぬ》きに楽しんで頂戴《ちょうだい》な。では、始めましょう」

シャルロットはぱんと軽く手を叩《たた》き、手短に開始の挨拶《あいさつ》を締《し》めくくる。王女達も同席している会なので、近衛騎士達は少し緊張《きんちょう》していたが――、

「……殿下《でんか》のお言葉に甘《あま》えて頂くとしよう」

「ミハル様とオーフィア様、そしてアマカワ卿《きょう》が作られた料理だ。冷ましてしまっては失礼だぞ」

ガルアークとレストラシオンの近衛騎士隊長である二人――、ルイーズとヴァネッサがそう語り、率先《そっせん》して料理を取りに行く。それで部下達も後に続く。

「もてなされる側に立つのはなんか妙《みょう》な感じよね。しかも目上の方に……」

リーゼロッテの侍女であるナタリーがややバツが悪そうに言う。侍女の中でもナタリーが生真面目《きまじめ》な性格をしているのもあるだろうが、いつもならもてなす側に立ってあれこれしているので、人からもてなしを受け取ることには慣れていないらしい。一方——、

「王女様がああ仰《おつしや》っていたんだから遠慮したら失礼よ。それに、前にハルト様とミハル様の手料理をお相伴《しようばん》に与《あずか》る機会があったけど、とんでもなく美味だったでしょ。頂かなきゃもったいないわ。ほら、行くわよ」

「ちょ、コゼット」

コゼットはナタリーの腕《うで》を引っ張って料理の並んだテーブルへと歩きだす。そんな二人の背中に——、

「まったく、羽目を外しすぎないようにしなさい」

アリアが溜息《ためいき》交じりに言葉を投げかける。

「ふふ、今日は貴方もお客さんなんだから、たっぷりおもてなしを受けていって頂戴。仕事のことは忘れてね」

セリアがくすくすと笑って、アリアに話しかける。

「おもてなしなら十分すぎるほどに受けています。訓練の後にあのように立派なお風呂を堪能させていただき、その上で豪華《ごうか》な昼食会ですからね。正直、この屋敷で働きたいほど

です」

アリアもフッと口許《くちもと》をほころばせてセリアに応じていた。そしてさらに会場の別の場所では――、

「ねえねえ、お兄ちゃん。私達もご飯取りに行こう！」

ラティーファがリオの腕を引っ張っていた。

「ごめん、少し席を外してちゃんとお風呂に入ってくるよ。さっきは軽く身体を流しただけだから」

「えー？　あ、じゃあ、私も一緒《いっしょ》に入ってお背中を流そうか？」

リオがいなくなると聞いてラティーファは軽く頬《ほお》を膨《ふく》らませたが、すぐに茶目《ちゃめ》っ気《け》のある笑みをたたえてそんなことを言う。

「駄目《だめ》に決まっているだろ。女性の中に男が一人でいても気を遣《つか》わせるだろうし、しばらくはみんなで楽しんでくれ。出席者同士の交流が目的なんだし」

リオはわずかに呆《あき》れたように溜息をついたが、ラティーファの頭を優《やさ》しく撫《な》でる。それでラティーファはぎゅっと目をつむり、くしゃっと嬉しそうに表情を崩《くず》した。

「じゃあ、行ってくるよ」

リオはそう言い残して歩き出すと、人目に付かないようにそっと食堂を後にする。とは

いえ、一部の者はリオがいないことにすぐ気づいたのか——、

「あら、ハルト様はどちらに？」

クリスティーナやリーゼロッテと一緒に話をしていたシャルロットが、首を傾げて周囲を見回した。それで周囲にいた者達も室内を見回す。

「ちゃんとお風呂に入ってくるって、行っちゃいました。まずは女性だけで楽しんでくれって」

ラティーファがやれやれと説明する。

「ハルト様がこの屋敷の主なのだから、遠慮なさらずとも構いませんのに……」

シャルロットが少し拗《す》ねたような、軽いふくれっ面《つら》になる。

「でもまあ、この空間に男の子一人だけっていうのは流石《さすが》に居心地《いごこち》が悪いのかもしれないわよ。普段《ふだん》もそうだけど、今のこの屋敷は完全に女子校みたいになっているし」

沙月が周囲を見回して、少し同情するように語った。今の大食堂には給仕の人間も含めて数十人がいるが、その全員が女性である。

「だからといってまさか始まって早々に姿を消してしまうとは予想外です。ハルト様と同年代の……、いえ、若く健全な殿方《とのがた》なら、自ら進んでこの部屋に居座《いすわ》ろうとすると思うのですが」

室内は妙齢《みょうれい》の美しい女性だらけだ。男盛りの元気が有り余っている男性貴族なら積極的に女性達に声をかけているのが普通である。

「いやいや、健全だから女の子を警戒《けいかい》させないようにって、自分から退室していったんでしょ」

「それでは健全すぎます」

いわゆる草食系男子なのだろう。沙月はリオをそう評価した。ただ、シャルロットはそれがいささか不満らしく、嘆《なげ》かわしそうな顔になる。

「んー、まあシャルちゃんが何を言いたいのかはわかるけど、そういう時でも浮《うわ》つかないところがハルト君の良いところだしなあ」

「それは激しく同感ではあるのですが……。もう少しご自身の魅力《みりょく》を客観的に評価して頂きたいものです。皆《みな》、ハルト様と話したがっているのですから」

「まあね」

と、唸るように同意する沙月。というのも、ハルトは優良中の超優良《ちょうゆうりょう》物件である。外見良し、性格良し、能力高し、地位高し、実績多しと、お世辞でも何でもなく非の打ち所がない。しかも年齢《ねんれい》は十六歳と若く独身。結婚《けっこん》を意識していなくとも、お近づきになってみたいと思うのも道理であろう。そう考えたのだ。

「皆様《みなさま》のご苦労が少しずつわかってきました。日常を共にすることでもう少し関係の進展があってもよいとは思ったのですが」

シャルロットは悩ましそうに溜息をついた。ほぼ毎日のように屋敷《やしき》へ足を運び、色々と色仕掛《いろじか》けを試みてみることもあるのだが、思っていた以上にリオは恋愛《れんあい》に対して消極的だった。距離《きょり》を置かれているというわけではないし、こちらから密着すればちゃんと異性と認識してくれているような反応は見せてくれるが、手は一切《いっさい》出そうとしてこない。そんなシャルロットの嘆きを聞いて――、

「おわかりいただけて何よりです」

ラティーファがふふんと得意顔で話に加わる。伊達《だて》に長年、リオと一緒にいたわけではないのだ。その辺りの苦労はよくわかっている。

そして、そんな一連のやりとりを少し離《はな》れた場所から眺《なが》めていたのが、セリアとアリアの旧友コンビと、ナタリーとコゼットだ。

「ハルト様は退室されたみたいですね」

シャルロット達《たち》の会話をそれとなく聞いていたのか、ナタリーがそちらに視線を向けながら言った。

「はあ、この機会にハルト様とお話ししたかったのに……。うわ、この卵料理美味《おい》しい」

「気落ちするのかご飯を楽しむのかどちらかにしなさいよ」

残念そうに肩を落としつつも料理を味わうコゼットに、呆《あき》れ顔《がお》で語りかけるナタリー。

そんな二人に――、

「ハルトならまた直に戻ってくると思いますよ」

セリアが苦笑交じりに語りかける。

「まあ、他にもハルト様とお話ししたそうな者達がいるようなので、そう話せる時間は多くはなさそうですが……」

アリアがそう言って、室内を見回す。どうやら料理を手にした近衛騎士の女性達もリオがいないことに気づいたらしく、残念そうな表情を覗かせている者がいた。「戻ってきたら声をかけてみない?」という声も聞こえてくる。

「ハルトと話をしたいなら、後で戻ってきた時に私から声をかけてみましょうか?」

気を利《き》かせたのか、セリアがそんなことを言う。

「ほ、本当ですか?」

コゼットはパッと表情を明るくし、ぐいっと前のめりになった。

「え、ええ」

「こ、こら、コゼット。セリア様を相手に失礼でしょう。申し訳ございません」

少し驚いた様子のセリアを見て、ナタリーがすかさずコゼットを叱《しか》って謝罪した。

「私からも後できつく叱っておきます」

と、アリアも付け足すと、コゼットは「うっ……」と唸るように硬直《こうちょく》する。

「そんなことはないわよ。今日は交流会なんだし、堅苦しいことは抜きにしましょ。アリアが普段一緒《ふだんいっしょ》に仕事をしている人達と話せて嬉しいわ。愉快《ゆかい》な同僚《どうりょう》に囲まれているのね」

セリアはくすくすと笑って、アリアを見る。

「ええ、おかげ様で」

やれやれと言わんばかりに肩《かた》をすくめて頷くアリアだが、その表情は微《かす》かに柔《やわ》らかくほころんでいる。

「セリア様とは同級生だったんですよね？」

「ええ、そうですよ」

「アリアにはいつも地獄《じごく》のしごきを受けていますけど、学生の頃《ころ》からこんなに強かったんですか？」

などと、ナタリーとコゼットがセリアに質問を投げかけていく。

「剣術《けんじゅつ》でアリアに敵《かな》う生徒はいませんでしたね。男子生徒も押《お》さえてダントツでしたよ。ハルトとも対等に渡《わた》り合《あ》っていたし、やっぱり貴方ってとんでもなく強いのね、アリア」

「ハルト様は最後以外は受けに徹していましたし、対等だったかどうかは自信がないのですが……」

「そうなの？　正直、剣術のことはよくわからないけど……」

「かなり本気になって攻《せ》めてみたのですが、見事に受け流され続けました。勝負が付くまで戦ってみたとして、果たして勝てるかどうか……。少なくともあの手合わせの中でハルト様の底を知ることは敵《かな》いませんでした」

アリアはリオとの手合わせを振《ふ》り返《かえ》り、思案顔で語る。

「ハルト様がこれまでに苦戦されたことってあるんですか？」

コゼットがセリアに尋《たず》ねた。

「んー、どうでしょう。私もあの子の強さは量りかねているというか、負ける姿はちょっと想像できないんですけど……。アイシアは同じくらい強いと思いますよ」

セリアはそう答えて、美春やリーゼロッテと一緒に着席しているアイシアを見る。

「確かに、後半に軽く手合わせをしていただいたんですけど、すごく強かったですね。サラ様やアルマ様も相当強かったですが……」

と、ナタリーが語る。指導の後半はリオの教えを意識して模擬戦《もぎせん》をこなすことになり、補佐役《ほさやく》のアイシアやサラ達とも手合わせを行ったのだが、出席者の中でアイシアに勝てた者は誰《だれ》もいなかった。アリアだけが途中《とちゅう》終了《しゅうりょう》によって引き分けただけだ（サラとアルマはアリアにだけ負けてしまったが、他の出席者達には勝利していた）。

「強さもとんでもなかったんですけど、アイシア様は可愛《かわい》さも最強すぎませんか？　近くで見たら顔だちが整いすぎていて衝撃的《しょうげきてき》だったんですけど……。肌も真っ白で、羨《うらや》ましすぎて呆《ほう》けている間に負けました」

「ちゃんと戦いなさいよ……」

コゼットが畏敬《いけい》の念を込めて、艶《なま》めかしく溜息を漏らす。一方で、ナタリーが呆れ顔で突っ込む。

「あはは……。あの子の容姿は同性でも見惚《みほ》れますからね。一緒に暮らしていてだいぶ慣れましたけど、時折あの子の美貌《びぼう》を再認識《さいにんしき》する時がたまにあって、自分と比べて自信をなくしています」

と、物憂《ものう》げに語るセリアだが――、

「いや、セリア様も同性から見たら羨ましすぎるくらい羨ましいですからね？」

「確かに、アリアと同い年ってことは私達とも同い年ですけど、どう見ても十代の女の子にしか見えません。妖精《ようせい》みたいで、可憐《かれん》な少女そのものですよ」

ナタリーとコゼットが呆れ顔で物申す。

「童顔だってよく言われます……」

セリアはがっくりと項垂《うなだ》れる。

「いいじゃないですか。若さと美しさを保ち続けるのは淑女《しゅくじょ》の至上命題ですよ？　セリア様のその外見は誰もが羨む強力な武器です。それに、ハルト様の周りにいらっしゃる方々が漏れなく美少女だらけだから感覚が麻痺《まひ》されているんでしょうけど、セリア様もその中の一人なんですから」

「あ、ありがとうございます……」

コゼットに力説され、セリアはたじろぎ気味に礼を言う。すると――、

「盛り上がっているようだな」

ヴァネッサが接近してきて、セリア達に声をかけてきた。すぐ傍《そば》にはシャルロットを警護する親衛隊長のルイーズもいる。

「これはヴァネッサさん。途中まで稽古《けいこ》を見学させてもらいましたけど、すっかりお元気になったみたいで良かったです」

現状、ヴァネッサと最も面識のあるセリアが応じた。

「うむ、アマカワ卿のおかげでな。すこぶる快調だよ。……それはそうと、セリア君とアリア君は知り合いなのか？」

ヴァネッサが二人の顔を見て尋ねる。

「……ええ、王立学院時代の同級生だったんです」

答えても問題ないかアリアと瞬時《しゅんじ》に目線で意思疎通《そつう》を図《はか》った後、セリアが答えた。

「ほう……。だとするとその学年はすごい代だったのだろうな。魔法《まほう》の天才と剣《けん》の天才が同時に在籍《ざいせき》していたのだから」

「魔道士として大成しているセリアはともかく、私への評価は過大に過ぎます。学院も卒業することなく退学してしまいましたので」

「いや、悔《くや》しいが今日の参加者の中で最も腕が立つのは間違《まちが》いなく君だ。そんな君ほどの実力者をみすみす手放してしまったのだから、我《わ》が国《くに》の損失は計り知れないな。行き先が同盟先のガルアーク王国であったことは不幸中の幸いではあったが……」

「光栄ではありますが、そのようなたいそうなものではございません」

アリアは粛々《しゅくしゅく》とかぶりを振る。すると――、

「アマカワ卿もそうですが、どうやら真の天才というのは皆謙虚《みなけんきょ》なようですね。クレティア公爵《こうしゃく》家の令嬢《れいじょう》に仕える侍女達《じじょたち》は実力者揃《ぞろ》いだが、中でも侍女長は段違い。国で有数の使い手であることは間違いない。王城でもそう噂《うわさ》になっていたのですよ。それは事実だったと、私もそう思いました」

ルイーズが話に加わり、アリアを賞賛した。

「……光栄です」

「貴方のような実力者に近衛騎士団《きしだん》に入ってもらいたいと勧誘《かんゆう》したいところですが……」

「申し訳ございませんが、私はリーゼロッテ様以外に仕えるつもりはございません」

「見事な忠誠心です」

「アリア君は侍女であり、騎士でもあるのだな……」

即答《そくとう》するアリアを見て、好ましい笑《え》みを浮《う》かべるルイーズ。また、少々複雑そうではあるが、ヴァネッサも感心してアリアを賞賛した。

「ともあれ、訓練が続く限りは顔を合わせる機会も多い。今後ともよろしく頼むよ。それぞれ部下を率いる立場の者として、親しくしてくれると嬉《うれ》しい」

「はい、喜んで」

ヴァネッサが差し出してきた手を、アリアが握《にぎ》り返す。

「当のアマカワ卿は指南役が務まるのか自信がないと仰っていましたが、彼《かれ》ほどの実力者から指南を受けられる機会などそうはありません。参加者も粒《つぶ》ぞろい。素晴《すば》らしい訓練になりそうですね。互《たが》いの練度を高めましょう」

「ええ。こういった場を与えてくださった我々の主と、指導にあたってくれるアマカワ卿に感謝です」

ルイーズとアリアも握手《あくしゅ》を交《か》わす。

「最高の訓練の後にはあの素晴らしい浴室とご馳走《ちそう》のおもてなしだ。アマカワ卿には改めて礼を言いたかったのだが……」

「あいにくと今は退席しているみたいですね。また後で顔を見せると思いますから、その時に伝えてあげてください」

周囲を見回してリオの姿を探すヴァネッサに、セリアが語りかける。

「ああ。アマカワ卿と話したがっている部下達ばかりでな。皆残念がっているよ」

「うちの者達もです」

苦笑交じりに語るヴァネッサと、嘆息《たんそく》して相づちを打つルイーズ。

「何か話したいことでもあるんですか？」

と、セリアが小首を傾げて尋ねると――、

「出会いが少ない仕事だからな。正直言って皆飢《みなう》えているんだ」

ヴァネッサが事情を語った。一般《いっぱん》に女性の王族を警護するのは女性の方が向いているとされているが、人員の交代が頻繁《ひんぱん》に発生するのも好ましくないため、一度なってしまうとそう簡単には辞《や》めることができなくなってしまう。

そして、退職の自由が利かないことを嫌がる男性貴族が多いため、女性の近衛騎士は婚《こん》期《き》を逃《のが》しがちとされており、王族を警護する女性の近衛騎士の人員不足に拍車《はくしゃ》をかけているというわけだ。

「どこの国も事情は同じですね」

「侍女も似たようなものです」

ルイーズとアリアも自嘲《じちょう》めいた笑みを覗《のぞ》かせた。すぐ傍ではコゼットとナタリーが力強く首を縦に振っている。

「あはは……」

得心したセリアは気まずそうに苦笑した。

【第二章】 出発に向けて

リオがガルアーク王国城の屋敷で暮らし始めるほんの少し前の話だ。

シュトラール地方の最果てとも言うべき辺境で、他国から見れば異端《いたん》と言うほかない小さな国家が誕生していた。

その名を神聖エリカ民主共和国という。このエリカ国（民達《たみたち》の間ではそのように呼ばれている）を異端と表現したのにはもちろん理由がある。

シュトラール地方に存在する数多《あまた》の国家に共通する特徴《とくちょう》を、この新生国家は備えていないからだ。すなわち、王や皇帝《こうてい》といった絶対君主が存在せず、特権階級である貴族も存在しないということ。

この国は民のために存在する国なのだ。国は君主や貴族達のためではなく、そこに暮らす民のために存在する。人は生まれながらに自由であり、平等である。そういう理念のもとに、他《ほか》ならぬ民の手により王政を廃《はい》して誕生した。

だから、この国の民衆は身分によって差別されることがない。この国に民衆を差別する王侯貴族は存在しない。民衆が、民衆の手により、民衆のために国を動かす。そのスローガンを貫《つらぬ》くために、神聖エリカ民主共和国では選挙により選ばれた代表者達が議会を構成し、政治的な意思決定を行う間接民主主義が採用されることになった。

しかし、国を代表し、象徴《しょうちょう》する存在もいる。建国後、初めて行われた選挙を経て成立した議会により選ばれた国家の初代元首であり、国の設立にあたって先頭に立って民衆を導いた聖女エリカである。神聖エリカ民主共和国という国名も聖女エリカを敬ってつけられたものだ。

とまあ、それはともかく――。

場所は首都エリカブルク。かつては王都と呼ばれていたこの都市は現在、すっかり荒《あ》れ果《は》てていた。というのも、聖女エリカが率いる解放軍が革命を起こすにあたって王都に攻め入《い》ったからだ。今は亡《な》き国王を守っていた堅牢《けんろう》な城は文字通り瓦礫《がれき》と化しているし、都市の建物も革命軍の進撃《しんげき》に伴《ともな》い破壊《はかい》されてしまっている箇所《かしょ》が目立つ。

しかし、それでも首都エリカブルクに暮らす民衆の表情は明るい。それもこれも長きにわたって重税で生活を圧迫《あっぱく》してきた王侯貴族達がいなくなったからである。

聖女エリカは国に税を納める必要はあると言ったが、それらは民衆のために使うと宣言した。そして、その言葉を裏付けるように、エリカは王侯貴族達がため込んでいた財を惜しみなく民衆にばらまく形で都市の復興支援《しえん》を行っている。

さらには、エリカの年齢が二十代半ばで美しいこともあり、民達からの人気は高い。国民達は聖女エリカを敬い、都市の復興に憂《うれ》いなく精を出していた。

そして、そんな聖女エリカはというと、臨時の首長官邸《かんてい》とされている建物の執務《しつむ》室《しつ》の椅《い》子《す》に腰《こし》を下ろしていた。その目の前には――、

「エリカ様、今一度お考え直してはもらえませんか？」

困り顔でエリカに頼《たの》み事《ごと》をする男性が一人。名はアンドレイ。年齢は二十代と若く、真《ま》面目《じめ》で利発そうな顔つきをしている好青年である。

「駄目ですよ、アンドレイ。もう決めましたから」

エリカは黒髪《くろかみ》をふわりとなびかせながら、ゆっくりと、にこやかにかぶりを振った。

「ですが、建国直後のこのタイミングで元首である貴方様《あなたさま》にいなくなられては非常に困ります。突然《とつぜん》、旅に出るなどと……」

アンドレイは縋《すが》るような眼差《まなざ》しをエリカに向ける。

「もちろんこの国が私の拠点《きよてん》であり、この国に住まう者達が救済の対象であることにも変わりはありません。ですが、王侯貴族に虐《しいた》げられ、人としての尊厳を奪《うば》われている者達は間違いなく各国にいるのです。私にはそういった人達を等しく救済する使命がある。その

ために各国の実態をすぐにでも把握《はあく》しておきたいのです。私の身体は一つしかありませんから、優先順位をつけて行動するしかありませんが……」

そう語り、エリカはとても嘆かわしそうに溜息を漏《も》らした。

「エリカ様………」

アンドレイは悩《なや》ましそうにエリカを見る。だが、感じ入るところもあったのか、その瞳《ひとみ》には畏敬の念がこもってもいた。

「ねえ、アンドレイ。貴方が不安に思うのは、それだけ私のことを頼《たよ》ってくださっているからでしょう？　私はそれをとても嬉しく思っているのです」

エリカはアンドレイに優しく微笑《ほほえ》みかける。

「そ、そんなっ！　恐《おそ》れ多《おお》い！」

アンドレイはわずかに顔を赤くすると、慌《あわ》ててかぶりを振った。

「貴方は私が建国に向けて動き始めた時から協力してくれている。大切な人です。そしてとても頼れる人。私が旅に出ようと決めることができたのは、貴方がこの国にいてくれるからなのです。貴方がこの国にいてくれるとわかっているから、私は安心して貴方にこの国のことを任せることができる」

「そ、そんな……、私には、もったいない言葉です」

「そのようなことはありません。だからこそ議会の皆も私という元首を補佐《ほさ》する宰相《さいしょう》に貴方を任命した。私が不在の間は宰相である貴方が元首代理となるのです」

アンドレイはもとはとある商会の店主であったが、人は皆平等なのだというエリカの教えに感銘《かんめい》を受け、革命に向けて初期から支援を開始した人物である。建国を果たした今は神聖エリカ民主共和国の宰相という地位についており、エリカに継《つ》ぐナンバーツーの指導者になっていた。

「……私ではエリカ様の代わりは務まりません」

「アンドレイ、人を導くのは意外と簡単なことなのです」

自信なげなアンドレイに、エリカが実に流麗《りゅうれい》な声で語りかける。

「そんなはずはありません。貴方様以外の誰に民を導けましょう？　民のことを誰よりも考えている貴方様以外に……」

「私は民のことを平等に思っているだけです」

「だからこそです。だからこそ、貴方様は聖女なのだ。貴方様に教え導いてほしい。皆もそう思って貴方様を初代元首に選んだ」

「そんな貴方達の気持ちに応《こた》えたくはあるのですが……」

「……お気持ちは固いのですね。わかりました。では、旅にはグリフォンをお使いください。護衛も何名かつけましょう」

　アンドレイは観念したように項垂れる。

「ごめんなさいね、アンドレイ」

「謝罪など不要です」

「お詫《わ》びに何か旅の手土産《てみやげ》でも持ち帰れるといいのですが……。そうそう、貴方と出会った頃に教えてもらったリッカ商会、だったでしょうか？　そこの商品なんていいかもしれませんね。貴方のお店でいつか取《と》り扱《あつか》ってみたいと言っていたでしょう？」

「……覚えていてくださったのですか？」

「当然でしょう？」

「ありがとうございます……。ですが、私は既《すで》に商人を辞めた身ですので」

　嬉しそうに礼を言うアンドレイだが、同時に少し寂《さび》しそうな表情も覗かせる。

「けれど、貴方の夢だったのでしょう？　国を超《こ》えて名を轟《とどろ》かせるような商会とも取引をすることが」

「ええ、まあ……」

「それに、商人でなくとも取引はできるものですよ。国が商会から物資を仕入れることだってあるでしょうから」

「確かに、私としたことが見落としていました」

「それほど有名な商会であるのなら、ぜひとも我が国のことも支援してもらいたいものです。旅の過程で代表の方に面会を申し込んでみるのもよいかもしれませんね」

「貴方様の教えに賛同して味方になってくれたらとても心強いとは思いますが……。リッカ商会の会頭はガルアーク王国有数の大貴族の令嬢だと耳にしたことがあります」

「国王や貴族だからといって直ちに敵と認定《にんてい》するつもりはありませんよ。我々は平和主義者なのですから。リッカ商会の代表を務める令嬢も話し合いの上でこちらの理念を受《う》け容《い》れてくれることを祈《いの》りましょう」

エリカは聖女然とした慈愛《じあい》の笑みを浮かべてアンドレイに語る。彼女《かのじょ》が国を出る、数日前の出来事であった。

◇◇◇

一方、リオがガルアーク王国城で暮らし始めてから、しばらくが経《た》ったある日に。坂田《さかた》弘明《ひろあき》はここ最近、斉木《さいき》怜《れい》と村雲《むらくも》浩太《こうた》の二人とよくつるんでいた。ロアナも一緒にいて、弘明の部屋によく四人で集まっている。

というのも、弘明はここ最近、物語を新しく作る作業にハマっていた。日本で流行《はや》っていた娯楽《ごらく》小説の要素を取り入れた上で、この世界に暮らす住民達をターゲット層に設定してヒット作を作り出そうとしているのだ。

怜にはオタクとしての視点から感想を言わせ、ロアナからはこの世界に暮らす貴族としての視点からリアリティが欠けていないかアドバイスをもらい、浩太にも感想を言ってもらいつつ、弘明が書いた日本語のプロットをこの世界の言語に翻訳《ほんやく》させてロアナとの情報共有を任せている。

「このプロットは最高ですよ、弘明さん」

練りに練った最新のプロットを読み終えた怜が、興奮気味に感想を言った。

「だろう。俺《おれ》も会心の出来だと思っている」

「やっぱりダブルヒロインにしたのは正解だと思います。この作品の顔となるヒロインは絶対にロリババアのセシリーですけど、ロリババアに対抗《たいこう》しようとするミザリィちゃんも萌《も》え。普通《ふつう》に老いていく人間族ならではの不安がヒロインの魅力として上手《うま》く引き出されていますね。これは推《お》せる」

「ロリババアとただのロリの対比。そこがこの作品のテーマだからな。ただのロリとロリババア、どっちが魅力的《みりょくてき》よ？　と、読者に問いかけるわけだ。判官贔屓《ほうがんびいき》補正でミザリィのヒロイン力が上がっているように見えたのなら、計算通りだな」

　弘明は自信満々に、鼻を高くしてドヤ顔になる。

「しかし、上手く書かないとセシリーがロザリィちゃんに食われかねませんよ？」

「そこは俺の腕の見せ所よ。編集するお前の手腕《しゅわん》にも期待しているぜ？」

「任されましょう。というより早く初稿《しょこう》を読みたいっすわ。これはもう完成プロットで決まりでしょう」

「まあ、慌てなさんな。これが完成プロットで問題ないか、浩太とロアナにも意見を聞いておかないとな。二人ともどうよ？」

逸《はや》る怜を落ち着かせるように右手をかざす弘明。ここまで一緒に作業を進めてきた浩太とロアナにも意見を求めるべく、実に上機嫌な面持《おもも》ちで二人に視線を向ける。

「すごく面白そうだなと思います。ただ、これは意見というか疑問なんですけど、不老不死の秘薬っていうのはこの世界に存在するものなんですか、ロアナさん？」

　と、浩太がロアナに質問する。

「実在するかは知りませんが、そういった秘薬を作ろうと研究を行った例は何度もあったと話に聞いたことはありますわ」

「なるほど。なら、この世界の人達にも興味を持ってもらえそうですね。ちなみに主人公の名前が孔明《こうめい》なのは何か理由があるんですか？　たしか三国志に登場する有名な軍師と同じ名前だったと思いますけど……」

「そりゃ当然、俺が孔明を好きだからだ」

弘明が即答した。

「な、なるほど……」

「なんだよ、何かあるのか、浩太？」

怜が浩太に尋ねる。

「いえ、この世界にはまず存在しない名前だと思うので、どういうふうに受け止められるのかちょっと気になったといいますか……。この世界の言葉に翻訳するとなると、名前を漢字で書くわけにもいきませんし」

わりとまっとうに、常識的な視点から疑問を口にする浩太。

「まあ、漢字表記の名前はいわゆる死に設定になるだろうな。だが、主人公の名前は孔明だ。俺が各作品の主人公はみんな孔明にすると決めている。それに、異世界から召喚《しょうかん》された勇者が主人公なんだ。この世界によくいるような名前じゃ異世界っぽさがなくなる」

「なるほど、確かに……。その通りですね」

「だろう」

浩太が感心したように唸《うな》り、弘明が満足そうに頷《うなず》く。

「なら、プロットはこれで完成ですね。いよいよ後は原稿《げんこう》を書くだけですよ、弘明さん」

怜が興奮気味に言う。

「ああ。贅沢《ぜいたく》を言うのなら、設定資料としてヒロインの萌えイラストがあれば、俺の中のヒロインのイメージ像がより明確になるんだがな。実際に売る時にもイラストがあるとラノベっぽくなるし、読者へのわかりやすい訴求力《そきゅうりょく》にもなる」

「あ、そこは安心してください。イラストなら浩太が描《か》けるんで」

と、怜が浩太の才能を打ち明けると——、

「何⁉　マジかよ⁉」

弘明が声を上げて強い興味を示す。ロアナも目を見はっている。

「こいつ、母親がデッサン教室の先生をやっているんですよ。そのおかげで子供の頃から絵を習っていて、色んな絵が描けるんですよ。萌えイラストも描けます」

「おいおい。なんだよ、そういう才能があるならもっと早く言えよな」

弘明が実に嬉しそうにニヤける。

「そんなに大したもんじゃありませんよ」

当の浩太はさほど自信がなさそうな反応だが——、

「なあ、浩太。この世界に来る前にお願いして描いてもらった萌えイラストがあるだろ。アレを描いてみてくれよ」

「……まあ、いいですけど。このペンと紙じゃ描きにくいんで、あの通りには描けないと思いますよ」

怜に頼《たの》まれ、羽根ペンと紙を手に取る浩太。実に慣れた手つきで、素早《すばや》く、迷いなくペンを入れていく。

皆、物珍《ものめずら》しそうに、浩太の手元を注視していて――、

「なあ、描くの速くないか？」

弘明が瞠目《どうもく》して尋ねた。

「オリジナルがあって一度模写したことがあるからですね。構図を考える必要もありませんし、手が覚えているんです。道具が道具なんで描きづらくはありますけど」

と、浩太は手を動かしながら答える。

「……そういうもんなのか？」

弘明は怪訝《けげん》そうに疑問符《ぎもんふ》を浮かべ――、

（こいつ、もしかしてかなり絵の才能があるんじゃ？）

と、思った。

それから、ほんの数分ほどで――、

「下書きですけど、できました」

浩太がペンを持つ手の動きを止めた。

「マジかよ。ヒヨリじゃん……。クオリティ高いな、おい」

出来上がったイラストを見下ろしながら、弘明が目を輝《かがや》かせて呟《つぶや》く。そこには弘明がよく知るアニメのキャラクターの姿があった。

「流石《さすが》、ご存じでしたか、弘明さん」

「中の人のファンだったんだ。実に良い声をしているんだよなあ」

「うわ、マジすか。俺もです。アルバムもライブのブルーレイも全部揃《そろ》えていましたし、ファンクラブも入っていました」

「なんだよ、それももっと早く言えよ。俺も入っていたんだが」

「いや、ここ最近はプロットの話ばっかりだったから」

「それもそうだが……」

弘明はここで改めてイラストを見下ろし――、

「いいよな、ヒヨリ」

と、呟いた。

「いいですね」

などと、オタクトークを繰《く》り広《ひろ》げる弘明と怜。

すると、案の定――、

「……お二人は何の話をなさっているのですか？」

「僕《ぼく》もわかりませんし、わからなくていいと思います……」

ロアナと浩太は完全に置いてけぼりである。

「決まりだな。俺が書く作品のイラストレーターはお前だ、浩太」

弘明がビシッと浩太を指さした。

「……イラストを描くのはいいんですけど、どのくらいの期間をかけて小説を製作するつもりなんですか？」

「手書きになるし書いてみないことにはわからんが、少なくとも本一冊の文章を書くとなると最低でも一ヶ月は欲《ほ》しいところだな」

「イラストはどういったものが必要なんでしょう？」

「主人公とヒロインのキャラクターデザインを数点と、指定したシーンの挿絵《さしえ》は何枚か欲しいところだな」

「となると、絵を描くのにも同じくらいの時間が必要になるかもしれませんね。並行して作業するにしても、一冊の本を作るのにかかる時間は最速でも一ヶ月半から二ヶ月といったところでしょうか」

「まあ、それくらいはかかるだろうな。そういやお前らの予定はどうなっているんだ？」

ふと気になったのか、弘明が二人の予定を尋ねた。

「一応、一時的な旅行のつもりで来たんですけど……」

「どうなんでしょう？　クリスティーナ王女かユグノー公爵が帰国する時にでも一緒《いっしょ》に帰るのかなと思っていましたけど……」

「現状はその認識《にんしき》で間違ってはいないと思います」

浩太が怜と顔を見合わせながら答える。すると、クリスティーナと情報のやりとりをしているのか、ロアナが肯定《こうてい》した。

「なるほどな……。ちなみに、お前らってレストラシオンの中ではどういう位置にいるんだ？」

「俺は準男爵《だんしゃく》で、浩太は客人という扱いですね。クリスティーナ王女の好意で二人ともロダニアの学院に通わせてもらって、今後この世界で生きていくためのあれこれを学んでいます」

「ふーん、つまり学生か。だが、怜は準男爵なのに、なんで浩太は爵位《しゃくい》を持っていないんだ？　今さらではあるが……」

　弘明が浩太を見て訊《き》いた。

「僕はまあ、先輩《せんぱい》と違《ちが》って一時的にレストラシオンに滞在《たいざい》しているだけなので」

「一時的に？　レストラシオンには所属しないのかよ？」

「そのつもりです。先輩と同じように爵位を貰《もら》って、レストラシオンに所属してもいいとはクリスティーナ王女からは言ってもらえたんですけど……」

「他に何かしたいことでもあるのか？」

「……実は冒険者《ぼうけんしゃ》になって旅をしてみたいなと思っていまして」

　浩太がぽりぽりと頬《ほお》をかき、こそばゆそうに答える。

「冒険者ぁ？　なんでだよ？」

「なんでと言われましても……、こう、成長したいといいますか、一人前の男になりたいと言いますか……」

「一人前の男になりたいだあ？　……ははあん。さてはお前、童貞《どうてい》だな？　そして童貞を拗《こじ》らせたな？」

　ひどく怪訝そうな声を出した弘明だったが、すぐに何かを察したのか、浩太を指さしてそんなことを言った。

「どっ、どうていって？！　なっ、なななななな、なんで⁉」

浩太が声を裏返して激しく狼狽《ろうばい》する。そして、そのすぐ傍ではロアナが気まずそうに頬を赤らめていて、怜が愉快そうに吹《ふ》き出《だ》していた。

「ふん。俺やお前らくらいの年齢《ねんれい》の男が『成長したい、キリッ！』とか言いだすのは、たいてい童貞を拗らせた時と相場が決まっているからな。どうせ好きな女にでも振られたってところだろ？」

弘明がニヤニヤと笑って推察する。

「うわっ、図星。流石っすわ、弘明さん」

「やはりな」

面白《おもしろ》がる怜と弘明。

「わ、悪いですか！」

浩太は顔を真っ赤にして開き直った。

「いーや、悪くはないぜ。女に振られたから旅をして成長したいとか、良い感じに童貞を拗らせている。俺はそういう非モテ男は好きだ」

「くっ……。そ、そりゃあ弘明さんはロアナさんがいますし、そういう関係なのかもしれませんけど」

「……ばっ！　ロ、ロアナみたいな位の高い貴族の女は婚前交渉《こんぜんこうしょう》はしねえよ！」

「えっ？　そ、そうなんですか？」

ギョッとする浩太。そして――、

「つ、つまり、それは……」

ドギマギしながら、弘明とロアナを交互《こうご》に見る。

「…………」

ロアナは頬を紅潮させてノーコメントだ。

「テ、テメエ、それはセクハラだからな！　てか、ロアナがいる前で変なことを言ってんじゃねえよ！」

弘明は存外、初心《うぶ》な反応を見せた。どうやらすぐ傍にいるロアナに話を聞かれるのが嫌《いや》らしい。

「い、いや、弘明さんが童貞がどうとか言い始めたから。女の子の前で童貞云々《うんぬん》の話をしていること自体がセクハラでしょう！」

浩太の反駁《はんばく》は的を射ていたが――、

「お前が童貞を拗らせているのが悪い！」

と、弘明は言いきる。

「確かに、浩太が童貞を拗らせているな」

「ぐっ……」

　怜は弘明の側に立った。それで浩太は反論できなくなってしまう。

「……ったく、おい浩太。お前、冒険者になって旅するよりも、先に女を作って童貞を卒業しておけよ」

　弘明はやれやれと言わんばかりに、浩太に助言した。

「な、なんでそんな話になるんです？」

「お前が童貞だからだ」

「ど、童貞童貞って連呼しないでくださいよ……。理由を教えてください」

　浩太は少しだけムッとしたように口をとがらせる。

「ズバリ言わせてもらうが、お前、まだその女のことを好きだろ？」

「なっ……」

　図星だったのか、浩太の顔が真っ赤になる。確かめるまでもなかった。

「なんでわかるのかって顔をしていやがるな。お前が成長したいのは振《ふ》られた女に未練があるからだ。その女にお前が成長したところを見てもらいたいわけだ」

　弘明は自分の指摘《してき》が正しい前提で話を進める。

「ぐっ……………………、なんで、なんでそんなわかったような口をきくんです？　弘明さんだって……」

僕と同じ童貞なんじゃ——と、口にしかけた言葉を呑《の》み込んでから、浩太は何か言いたげな目で弘明を見た。

「馬鹿野郎《ばかやろう》。まあいい。とりあえずお前、怜と一緒に俺の補佐官《ほさかん》になっとけ」

弘明は妙《みょう》に余裕《よゆう》のある笑みをフッと口許《くちもと》に覗かせながら、そう告げた。

「いや、そんな急な……」

浩太は渋《しぶ》るが——、

「いいだろ、怜？」

「はい、俺は別に構いませんけど」

怜はすんなり了承《りょうしょう》する。

「なら決まりだな。お前ら二人とも、今日から俺の補佐官な」

「いや、ちょっと待ってくださいよ」

「別にいいだろ。どうせしばらくは俺の小説を書く作業があるんだ。旅に出るのはそれからでもいいだろ。だから、少なくともその時までお前は俺の補佐官だ。とりあえずは俺の専属イラストレーターとして絵を描いとけ」

と、弘明は半ば強引《ごういん》に話を展開し――、

「おい、ロアナ。こいつらにポストを用意するよう、手配しておいてくれ。俺の補佐官になるんだからな。浩太はともかく怜の爵位は上げてやれよ」

浩太が何か言う前に、サッサと話をまとめてしまう。

「……承知しました」

ロアナは渋っていた浩太を気遣《きづか》うように視線を向けたが、粛々《しゆくしゆく》と頷く。

「おい、怜。こいつに良い感じの関係になりそうな女はいないのか？」

「んー、一人、ミカエラ＝ベルモンドって子ですかね。俺の婚約者《こんやくしゃ》と仲が良くて、その関係でロダニアの学院でよく四人で一緒に講義を受けていたんですよ」

「へえ、ロアナは知っている奴《やつ》か？」

「面識はありませんが、ベルモンドというと男爵家の令嬢でしょうか」

「なるほど、男爵令嬢《だんしやくれいじよう》ね。その二人もお前らと一緒にこの城に来ているのか？」

弘明が怜を見て尋ねる。

「いや、二人ともロダニアにいますよ」

「よし。なら、お前の婚約者と一緒にこの城に呼べよ」

「え？　いや、そんな呼ぼうと思って簡単に呼べるものなんですか？」

魔道船《まどうせん》という移動手段はあるが、基本的には高位貴族や軍人のための乗り物だ。男爵家の令嬢が移動の脚《あし》として簡単に利用できるものではない。魔道船を動かすには相応の地位にいる王侯《おうこう》貴族の許可が必要なのだ。だが――、

「魔道船に乗れば数時間だろ。俺の補佐官になる以上、お前は俺の部下になるんだ。どんな相手と婚約《こんやく》したのか、上司として早い内に会っておきたい。というわけで手配しておいてくれ、ロアナ」

「御意《ぎょい》」

勇者である弘明の命令があるのならば話は別である。ロアナもこれといって難色を示すことはせず、粛々と頷く。

「頼んだぞ」

と、弘明は満足そうに言うと――、

「で、だ。とりあえずお前が振られた話について、詳《くわ》しく聞かせろよ」

浩太の失恋話《しつれんばなし》について、事情を訊くことにしたのだった。

◇◇◇

リオが近接戦闘《せんとう》の指導を行うようになってから、半月が経ったある日の夜。屋敷《やしき》の食堂にはリオ、美春《みはる》、セリア、ラティーファ、アイシア、サラ、オーフィア、アルマの他に、ここ最近は屋敷に宿泊《しゅくはく》している沙月《さつき》の姿があった。

一同が夕食を済ませ、食後のお茶を淹《い》れているところで――、

「今日はちょっと真面目な話があるんですが、いいですか？　主に沙月さんと、サラさん達《たち》、それとセリアや美春さんに」

リオが少し改まった雰囲気《ふんいき》で、一同の顔を見回しながら語りかけた。一同、首を傾《かし》げて顔を見合わせると――、

「……もちろん。何？」

と、沙月が代表して尋《たず》ねた。

「実は皆《みな》さんと今後のことについて、一度話し合っておきたいなと思いまして」

「……今後のこと？」

「俺がしたいことと皆さんがしたいことがズレるかもしれないので、皆さんの意向を確認《かくにん》しておきたいなと。あとはいくつか情報の共有を」

リオはそう説明してから、サラやラティーファ達へとさりげなく視線を向けた。

「なるほど、律儀《りちぎ》ねえ。ハルト君らしいけど」

自分の一存だけでここにいる面々の動向を決めようとはしないことを好ましく思ったのか、沙月がくすりと笑《え》みをこぼす。

「まずは以前にも少し話に出たと思いますが、あと三週間か四週間ほどしたら屋敷を出て行こうと思います。戻《もど》ってくるのはそこから二ヶ月は先といったところでしょうか」

と、リオは最初の用件を打ち明ける。

「……どこへ行くかは聞いてもいいの？」

沙月が空気を読んだのか、リオの顔色を窺《うかが》って尋ねた。

「ええ。まずはサラさん達が生まれ育った里へ向かいます。その後は俺の両親の故郷に行こうかと」

「ハルト君のご両親の故郷？　それって確か……」

「ヤグモ地方です」

「そうそう。かなり遠い場所なんでしょ？　シュトラール地方の外、東に広がる危険な未開地を越《こ》えた遥《はる》か先だって……」

そんな場所にどうやって行くの？　と、言わんばかりに沙月はリオを見た。

「歩いて移動しようとすると年単位で時間がかかりますけど、空を飛べば一ヶ月もかからないで行けるんですよ。それでも危険はありますが……」

地図も方位磁石もないので日の位置からおおよその方角を判断して進むしかないため、移動時間は日中に限られる。危険な生物が空を飛んでいて襲《おそ》ってくることもあるし、異常気象で空を飛べないことだってある。

「へえ……。なら、空を飛んでも行って帰ってくるのに二ヶ月はかかるってことか」

「ええ、まあ」

と、リオ。転移結晶《けっしょう》を使えば精霊《せいれい》の民の里までの移動時間を短縮できるのだが、話が逸《そ》れてしまいそうなので今は説明しないことにした。

「でも、そんなに時間をかけてまでなんでヤグモ地方へ行くの？」

「親族に近況《きんきょう》報告をしに行きたいんです」

「え？　ハルト君、親族がいるの？　ヤグモ地方に？」

沙月が瞠目する。リオは幼い頃《ころ》にシュトラール地方で両親を亡くして孤児《こじ》になり、そのままシュトラール地方で生まれ育ったものだと思っていたからだ。過去のことを訊くのは悪いと思っていたこともあり、実際に足を運んだことがあったとまでは知らなかった。

「沙月さんには言っていませんでしたが、います」

「へえ、じゃあ会ったこともあるんだ」

「ええ」

「ふーん、ちょっと会ってみたいな。どんな人達なの？」

と、沙月は興味を示す。それは美春やセリアなども同じだったらしく、リオにじっと視線を向けてきた。

「父方の祖母と従姉《いとこ》。あとは母方の祖父母がいますね」

「ほほう。イトコは男の子？　女の子？」

「俺より一つ上の女の子ですけど……」

「ってことは私と同い年か。えー、すごく会いたくなってきたんだけど！」

「本題はここからです。サラさん達も里へ近況報告をしに屋敷を出ますが、他の皆さんはどうしますか？　行くとなると二ヶ月はシュトラール地方に戻っては来られませんし、親族に挨拶《あいさつ》へ行くのはあくまでも俺の個人的な用事なので、このまま屋敷にいてもらっても構いませんが……」

あるいは里まで行って待っているという選択肢《せんたくし》もある。が――、

「はい！　私はお兄ちゃんと一緒に行くよ！　お兄ちゃんの親族は私の親族でもあるからね。ちゃんと挨拶しないと」

「私もハルトと一緒」

ラティーファが真っ先に手を挙げて即答《そくとう》した。

アイシアもそれに続く。

「……長老様達の許可が得られるか次第《しだい》ですが、私達も里へ戻った後はそのままヤグモ地方まで同行したいなと考えています」

サラがオーフィアとアルマに目配せをしてから、控《ひか》え目《め》に意思表示をする。

「はい！　私も行きたい！」

沙月が元気よく挙手した。

「沙月さんはお城から出るわけにはいかないでしょう」

ちょっとヤグモ地方へ行ってきますなどと報告して、すんなりと許可が得られるとは思えない。

「まあ、そうだけど……」

沙月はむうっと可愛《かわい》らしく頬を膨《ふく》らませる。

「美春さんとセリアはどうしますか？」

「えっと、私は……」

美春は遠慮《えんりょ》がちに沙月を見る。沙月を一人だけ置いてけぼりにしてしまうことを後ろめたく思っているのだろうか？

「いいのよ、美春ちゃん。私のことは置いていっても。行けないとわかっていて拗《す》ねてみただけだから」

沙月が苦笑《くしょう》して美春に言い聞かせる。

「はい。ただ、亜紀《あき》ちゃん達のこともあるので……」

「あー、なるほどね。確かに、離《はな》れ離《ばな》れになってからそれなりに日は経ったし、あちらの動向も気にはなるわよね。最低でも二ヶ月は留守にするわけだし」

基本、時間の経過に任せて静観するとは決めたが、離れ離れになってから数ヶ月は経っている。そろそろ動向が気になってくるのも当然ではあろう。

実際、美春は躊躇《ためら》うような表情を覗《のぞ》かせて俯《うつむ》くが――、

「……行ってきてもいいでしょうか？」

心の中で自らの想《おも》いと様々な事情を天秤《てんびん》にかけた上で自分の意思を優先させたのか、ややあって顔を上げると、沙月に託《たく》すように尋ねた。すると――、

「もちろん、いいわよ。留守中のことは任せておいて」

沙月は珍《めずら》しく美春が自身の意思を優先させたことが嬉《うれ》しいのか、あるいは自分を頼ってくれたことが嬉しいのか、誇《ほこ》らしげにトンと胸元《むなもと》に手を当てて美春の願いに応えた。そして美春を励《はげ》ますように、次のように言葉を続ける。

「そろそろ何か進展がないか、マサト君にまた手紙を出して訊いてみるわ。美春ちゃんが

戻ってくる頃には返事が来ているだろうし、楽しみにしておいて」

「……ありがとうございます、沙月さん」

「いいのよ、お礼なんて。水くさいじゃない」

美春に深く頭を下げられると、沙月はこそばゆそうにかぶりを振る。

「俺からもよろしくお願いします、沙月さん」

「うん」

リオもお辞儀《じぎ》をして頼むと、沙月はよりむず痒《がゆ》そうな顔になる。

「残るはセリアですね。どうしますか？　レストラシオンのこともありますし、ベルトラム王国本国のこともありますから、このまま屋敷に滞在してもらっても大丈夫《だいじょうぶ》ですが」

本国で離れ離れになっている実家の動向も気になるはずだろう。そう考えてリオはセリアの表情を窺った。

「……ううん、今の私は貴方の補佐官だもの。もちろん、一緒に行くわよ」

セリアはほんのわずかに間を空けたが、明るく笑みをたたえて答える。

「いいんですか？」

「ええ。本国の様子はそれとなく情報が入ってきているけど、実家がこれといって危《あや》うくなっているわけではなさそうだし、私個人の力じゃ本国とレストラシオンとの関係はどうにもならないことだもの。それこそクリスティーナ様達に委《ゆだ》ねるしかないわ。それに、今のそのクリスティーナ様から貴方のことを任せられたわけだし……」

セリアはそこまで言ってから、じっとリオを見つめた。

「……他にも何か?」

「うん。まあ、貴方のご親族にも会ってみたいし……」

リオが首を傾げて訊くと、セリアが少しこそばゆそうに語る。

「わかりました。では、ヤグモ地方までお連れします」

「……うん」

セリアは嬉しそうに首を縦に振った。すると――、

「最初に挨拶をするのは妹の私だよ、お兄ちゃん!」

ラティーファがぷくりと頬を膨らませて、セリアに対抗するように主張した。

「わかったよ」

リオは苦笑して首肯《しゅこう》する。と――、

「となると、私達は一度先に里へ戻っておいた方が良さそうですね。我々の里にもセリアさんをお連れしたいので、最長老様達に許可を取っておかないと」

サラがオーフィアとアルマに視線を向けながら、不意に開口した。

「……三人だけで一足先に帰るということでしょうか？」

リオがわずかに間を置いて尋ねる。

「はい。リオさんの紹介《しょうかい》なのでいきなり連れていっても問題はないとは思いますが、事前に承諾《しょうだく》を得ておいた方がいいと思うので」

「……つまり、確認を取った後にこちらへ戻ってくるということですよね？」

「そうなりますね」

すなわち、三人だけで未開地を移動するということだ。滅多《めった》なことはそうそう起きないだろうが、未開地にはサラ達でも手こずったり、下手すると勝つのが難しい危険な生物もいるわけで――、

「俺が行きますよ」

と、リオは申し出た。

「リオさんはこの屋敷の主なのですから、このまま滞在してください。というより、少しは私達の実力も信頼《しんらい》してください。心配してくれるのは嬉しいですし、リオさんやアイシア様には敵《かな》いませんが、未開地を旅するくらいのことはできるんですから」

サラは少しジト目になって、リオを見つめる。

「……………」「貴方達《あなたたち》……」

　リオとセリアが口を動かし、何か言おうとする。と――、

「あっ、謝《あやま》ったり、お礼を言ったりするのは止《や》めてくださいね」

「ええ、リオさんやセリアさんのためだけにするわけではありませんから」

「私達がしたいことをするだけです」

　オーフィアとアルマ、そしてサラが先んじてリオ達に告げた。

「……わかりました。じゃあ、行きは俺が持っている転移結晶を使ってください。それで行きの移動時間は短縮できますし、危険も回避《かいひ》できるはずです」

「はい。それならばお言葉に甘《あま》えて」

　サラは満足そうに頷く。

「……転移結晶って、クリスティーナ王女やフローラ王女が攫《さら》われた時にも使われた魔道具と同じ名前よね？」

　沙月がぱちぱちと目を瞬《まばた》いて訊く。

「ええ、実は現物を持っているんです」

　と、先ほどは説明を省略した転移結晶のことを教えるリオ。沙月のことは信用しているので、隠《かく》しておく必要もない。

「えっ、すごっ！　それがあればワープできるってことよね？」

沙月は強い好奇心《こうきしん》を滲《にじ》ませる。

「どこでも自由に、というわけにはいきませんけどね。行き先はサラさん達の里に限定されますし、転移したらまた転移してこちらへ戻ってくることはできません」

「いや、それでもすごい品だと思うけど」

「ですね。だから他の人達には黙《だま》っていてもらえると嬉しいです。シュトラール地方では失われた魔術《まじゅつ》を用いて作られている非常に貴重な品なので。これを奪《うば》われるとサラさん達の里へ侵入《しんにゅう》することもできてしまいます」

「……うん、わかった」

沙月は神妙《しんみょう》な面持ちで頷いた。すると――、

「あとはサラさん達のこともこの機会にちゃんと話しておこうと思いまして」

リオがサラ達に視線を向けてから、さらなる話を切り出す。

「……いいの？　隠れ里のこともあって、詳しいことは言えないんでしょ？　まあ、こういう魔道具もあるわけだし、事情は理解しているつもりだけど……」

沙月も視線を動かし、サラ達の顔色を窺う。現状ではシュトラール地方の外れにある隠れ里に住んでいたとしか沙月も知らないのだ。

「サラさん達たっての希望です」

屋敷を出発する前に沙月にはちゃんと伝えておきたいと、サラ達からリオに要望があったのだ。ちなみに、シャルロットにも話すべきかどうかも悩《なや》んだのだが、王族という立場を踏《ふ》まえて今回は見送ることになった。とはいえ、悩むほどにはシャルロットの信用値が高くなってはいたりする。

「サツキさんとはもっと親しくなりたいので、隠し事はしないでお伝えしておきたいなと話し合ったんです。気を遣《つか》ってもらっているのもわかっていましたし」

「距離《きょり》を置いているというか、壁《かべ》を作っているみたいで嫌だなと思いまして」

「だから聞いてもらえると嬉しいです」

などと、サラ、オーフィア、アルマが打ち明ける。

「……ありがとう。でも、里の掟《おきて》は大丈夫なの？　無理はしないでいいのよ？」

沙月はとても嬉しそうに、そしてこそばゆそうに礼を言う。その上で三人が無理をしていないのか確かめる。

「はい。掟には例外もあるので」

と、サラも少し気恥《きは》ずかしそうな顔で答える。こうして、サラ達の種族や里のことは、沙月も知ることとなる。サラ達が里へ出発したのは、この二日後のことだった。

【第三章】 ❖ 里へ、再会

およそ三週間後。

サラ達が精霊の民《たみ》の里から再びシュトラール地方へと戻ってきた。霊体化《れいたいか》したサラの契《けい》約精霊《やくせいれい》であるヘルが屋敷に忍《しの》び込み、リオ達に帰還《きかん》を知らせる。

すると、リオはその日の晩に一人で屋敷を抜《ぬ》け出し、サラ達が宿としている王都近郊《きんこう》の森に潜《ひそ》ませた岩の家へと足を運んだ。

「遅《おそ》くなってすみません」

「いえ。さあ、どうぞ中へ」

サラ達に誘《いざな》われ、玄関《げんかん》をくぐるリオ。すると――、

「お久しぶりです、リオさん」

「こんばんは」

オーフィアとアルマもいて、リオを出迎《でむか》えてきた。

「三人とも元気そうで良かった。お変わりありませんでしたか？」

「ええ。セリアさんを里にお連れする許可が取れました。転移結晶の魔力《まりよく》も補充《ほじゅう》してあるので、いつでも出発が可能ですよ」

「わかりました。では、数日中に出発しようと思います」

「はい。ただ、別に問題……かどうかは判断できないんですが、里に戻ったらリオさんに会ってもらいたい人達がいます」

と、サラは少し歯切れの悪い物言いでリオに報告する。

「私に、ですか？　別に構いませんが……、いったい誰《だれ》と？」

不思議そうに首を捻《ひね》るリオ。

「それがなんと言いますか、その辺りのこともリオさんと会って自分の口から話をしたいとお願いされまして……。詳しい説明は里に戻った時に、その人達から聞いてもらってもいいですか？」

サラは説明に困っているような顔で、ぽりぽりと頬をかく。

「……わかりました。そういうことなら」

いまいち状況《じょうきょう》は見えてこなかったが、サラがこう言うからには何かしらの理由があるのだろう。それを察しないで根掘《ねほ》り葉掘《はほ》り聞き出そうとするリオではない。この場ではとりあえず頷《うなず》き、里に戻るその日を待つことにした。

◇　◇　◇

そして、数日後。

いよいよリオ達が精霊の民の里へ向かう日が訪《おとず》れた。

場所はガルアーク王国城の敷地内《しきちない》。リオの邸宅《ていたく》の玄関前《げんかんまえ》には、これから出発する面々と見送りに来た沙月《さつき》とシャルロットの姿がある。ちなみに、フランソワには事前に挨拶を、クリスティーナとフローラにもセリアを連れて屋敷を留守にすると報告を、リーゼロッテとも別れを済ませてあるので、いずれも見送りには来ていない。

「また二ヶ月は戻ってこないなんて……寂《さび》しいわ」

シャルロットは拗ねたように頬を膨らませ、至近距離から上目遣《うわめづか》いでリオを見上げていた。女の子慣れしていない青少年ならばこれでイチコロであろう。

「……次に戻ってきたら、またしばらくは屋敷に滞在させていただくつもりなので」

リオは気まずそうに視線を逸らして応じていた。すぐ傍《そば》ではラティーファが目を光らせており――、

「シャルロット様、すこーし近いです」

むうっと唇《くちびる》を尖《とが》らせて、二人の距離感を指摘した。

「これから離れ離れになるのですから、近づいているのです」

シャルロットはそう言いながらさらに前へと進んで、リオとの距離をギリギリまで詰《つ》める。そして、リオの胸元に上半身を預ける形でもたれかかった。

「お兄ちゃん！」

悲鳴に近い声を上げるラティーファ。問答無用で引《ひ》き剥《は》がさないのは、相手が王女だからという常識がかろうじて働いているからだろう。一方で、同じく相手が王女では何も言えないのか、さらには性格も多分に影響《えいきょう》しているのか、美春《みはる》やセリアはハラハラと静観している。

「……シャルロット様、お戯《たわむ》れが過ぎます」

リオはとんとシャルロットの両肩《りょうかた》に手を置いて、おもむろに距離を置こうとした。しかし――、

「戯れてなどはいないのですが……」

シャルロットはすかさずリオの右手をたおやかに掴《つか》み取《と》り、自分の頬へと静かに誘導《ゆうどう》する。さらには、そのままリオの指先を自分の唇にそっと触《ふ》れさせて――、

「キス、してしまいましたね」

ほんのりと頬を赤らめる。「私、これが初めてなのですよ？」とか「戯れでこのようなことはいたしません」と付け加えて……。

「ノ、ノーカウントです！　ノーカウント！　指じゃないですか、指！」

ラティーファがすかさず主張するが――、

「では、次は唇と唇でのキスを所望《しょもう》したいところです」

シャルロットはリオの口許に熱い眼差《まなざ》しを向ける。

「お兄ちゃん！」

ラティーファはくいくいとリオを引っ張って、シャルロットから引き離そうとする。

「……こらこら、駄目《だめ》に決まっているでしょう。未婚《みこん》の王女様がキスなんて。今のは見聞きしなかったことにするから、本当にその辺りで止《や》めなさい、シャルちゃん？」

沙月は半ば呆気《あっけ》にとられて一連のやりとりを見ていたが、ラティーファの叫《さけ》びで我に返ったのか、溜息《ためいき》をついてシャルロットに注意した。

「そういうことなので」

勇者の沙月からの援護《えんご》射撃《しゃげき》を得たことをこれ幸いにと、リオは今度こそシャルロットから距離を置いた。代わりにラティーファが抱《だ》きついてきたが……。

（出発前からどっと疲《つか》れてきた）

これから出発だというのに、旅を終えた後のように精神的な疲労《ひろう》を感じたリオ。

「またシャルちゃんが妙なことをする前に、サッサと馬車に乗りなさい、ハルト君」

沙月は近くで待機していた馬車に乗るよう、溜息交じりにリオを促《うなが》した。

「では、失礼いたします。行きましょうか」

リオは近くにいた美春、セリア、アイシアを見る。そして最後に自分の左腕《ひだりうで》に抱きつくラティーファを見下ろしてから、そっと頭を撫《な》でた。それから別《わか》れ際《ぎわ》の言葉を交《か》わすと、馬車に乗って屋敷を発《た》つ。

「スズネ様が羨《うらや》ましいわ。セリア様やミハル様、アイシア様も」

「こんな時は女二人でお風呂《ふろ》にでも入りましょ。せっかくハルト君がいつでも屋敷に入って使っていいって言ってくれたんだから、たくさん利用しないと。背中を流してあげる」

シャルロットは馬車を見送りながら、寂しそうに呟《つぶや》く。沙月はそんな彼女《かのじょ》を見て自分も少し寂しそうに微笑《ほほえ》むと、明るい声色《こわいろ》でお風呂へと誘ったのだった。

◇◇◇

城を出たリオ達は貴族街の門まで移動したところで下車して、そこから先は歩いて王都の外を目指した。王都の外に出て街道《かいどう》を進み、完全に人気《ひとけ》がなくなったところで街道を外れると、サラ達が待機している岩の家へと移動する。

家の結界内に立ち入ると、すぐにサラ達が出てきて——、

「お帰りなさい」

「いえ、ミハル姉さんやラティーファ達に対してはただいまなのでは？」

里から戻ってきたのはこちらなわけですし、とアルマが言う。

「たしかに……。ですが、みんなも岩の家に戻ってきたわけですし」

「ふふ、じゃあ両方じゃない？」

オーフィアがおかしそうに提案する。と——、

「ただいまー！　それにお帰り！　サラお姉ちゃん達、久しぶり！」

ラティーファが元気よく、嬉しそうに手を上げて呼びかけた。

「三人とも元気そうで良かったわ」

「久々に岩の家でみんな一緒《いっしょ》に集まると帰ってきた気がするわねえ」

美春とセリアも思い思いの言葉を紡《つむ》ぐ。

「このまま一息つきたいところですが……、早速《さっそく》ですけど里へ向かってもいいですか？」

アイシアと並んで立っていたリオが一同に呼びかける。

「そうね。サラ達の里に早く行ってみたいし」

と、強い期待を滲ませて、少し興奮気味に頷くセリア。

「私達の里へ行くのをそんなに楽しみにしてもらえていたのなら嬉しいです」

サラがちょっとくすぐったそうにはにかむ。

「だってもふもふよ！　もふもふのパラダイス！　サラやラティーファ以外にも色んな子の毛並みを触《さわ》ってみたいじゃない」

「あはは」

一同、おかしそうに声を上げる。

「というわけで早く行きましょ」

セリアは面映《おもは》ゆそうに顔を赤くし、出発を促す。

「じゃあ家を仕舞《しま》っちゃいますね。《保管魔術《ストレージ》》」

オーフィアが腕《うで》に着用していた時空の蔵《くら》を使用し、岩の家を収納する。と、家があった場所は一瞬《いっしゅん》にして更地《さらち》になってしまった。

「では、転移結晶を使います。効果範囲《はんい》があるので、なるべく俺《おれ》に接近してください。人数も多いので」

「はい！」

ラティーファは率先《そっせん》してリオの右腕《みぎうで》に抱きつき、アイシアも反対側からぴたっとリオに寄《よ》り添《そ》い密着する。

（ここまで密着する必要はないんだけどな……）

有効半径はせいぜい三メートル程度だが、七人ならぎゅうぎゅうになるほどではない。

リオは羞恥《しゅうち》で微妙《びみょう》に表情が強張《こわば》り、むず痒そうに視線を下げた。すると——、

「は、はい。これでいい？」

アイシアとラティーファに対抗《たいこう》したのか、セリアも正面からリオにくっついた。身長差があるのでちょうど胸元辺りに顔を当てている。

「え、ええ……」

面食らい、ぎこちなく頷くリオ。

「…………」

残るスペースはリオの背中のみ。美春、サラ、オーフィア、アルマの視線や意識が自然とそちらへ吸い寄せられる。果たして、次に動き出したのは——。

四人同時だった。ただ、リオの背中から最も近い位置に立っていたのは美春である。他の三人は前方に立っていたため、後手に回ってしまうことになった。

「……み、美春さん？」

予期せぬ感触《かんしょく》が背中から押《お》し寄せてきて、リオが瞠目《どうもく》する。前方にはサラ達が立っているから、後ろから密着している人物は美春以外にありえない。

しかし、リオにとってはそれが意外だったのだ。今まで美春が自分からリオに密着してくることなどまずなかったから……。

だから、つい首を捻って後ろを見ようとする。と――、

「う、後ろは見ないでいただけると……嬉しいです」

美春が声を震《ふる》わせてリオを制止した。その顔は熟《こな》れた桃《もも》のようにカアッと濃《こ》く染まっている。それをリオに見られたくないのだろう。が――、

「わっ、美春お姉ちゃん、顔が真っ赤」

ラティーファが目を丸くして口にしてしまう。

「あ、赤くないよ？」

と、否定する美春の声はだいぶ上ずっている。自分でも顔が火照《ほて》るように熱くなっているのを感じているのだろう。

「あの、別にここまで密着する必要は……」

リオが遠慮がちに主張しようとするが――、

「ちょっとみんなリオさんにくっつきすぎです！」

「ミハルちゃん達だけずるいよね、サラちゃん」

「そうです！　って、そうじゃなくて⁉」

「いいですから、もっと詰めてください。私達が入る場所がありません」

サラ、オーフィア、アルマが押し寄せてきて、さらに騒《さわ》がしく、ぎゅうぎゅう詰めになってしまった。

（み、身動きが取れない……）

普段《ふだん》は超速《ちょうそく》で移動して相手の攻撃《こうげき》を掠《かす》らせすらしないリオが完全に封《ふう》じ込められてしまっている。完璧《かんぺき》な包囲《ほうい》網《もう》だった。

リオが少しでも手足を動かそうとすると、触れてはいけない部位の感触が色々と伝わってきてしまいそうになる。「私、そっちがいいよ、サラお姉ちゃん！」とか「顔を近づけすぎよ、アイシア！」とか姦《かしま》しい声が響《ひび》き渡《わた》っていて――、

「だからここまで密着する必要は……」

というリオの控え目な主張に答える者はいない。

（も、もういいや。とりあえずさっさと転移して向こうで離れてもらおう）

リオは無念無想を心がけながら、そう決めて――、

「じゃ、じゃあ、行きますよ。呪文《じゅもん》を唱えます。《転移魔術《テレポート》》」

呪文を詠唱《えいしょう》し、手にしていた転移結晶を発動させた。瞬間《しゅんかん》、転移結晶を持つリオを起点に空間が渦状《うずじょう》に歪《ゆが》んでいく。

そして、さらに次の瞬間には――。周囲の景色が一瞬で変わった。ガルアーク王国近郊にある森から、未開地の奥深《おくふか》くにある精霊の民の里付近へ転移したのだ。空を飛べばほんの一、二分で里の庁舎へとたどり着く位置である。

シュトラール地方と里とでは時差があるが、こちらもまだ明るい時間帯で、周囲には木漏《こ》れ日《も》《び》が差し込む森の景色が広がっていた。リオ達が立っている場所は泉のすぐ傍で、頭上には青空が広がっている。

平時ならさぞ静寂《せいじゃく》で、心安らぐ空間なのだろう。ただ、転移直前まで女性陣《じょせいじん》が騒いでいたので、転移したことに気づかなかったのか、転移の最中にも発していた少女達の声が森の中に響いた。

「……着きましたよ」

と、リオは今も自分にくっついている少女達に向けて、溜息交じりに呼びかける。そしてちゃんと転移が成功したのか確認するべく、周囲に視線を走らせた。すると、とある方向から視線を感じ取る。リオがそちらへ視線を向けると――。

和服を連想させる着物を身につけた者達が何人かいて、泉のほとりにある岩に腰《こし》を下ろしていた。いきなり転移してきたリオ達に驚《おどろ》いたのか、あるいは見目麗《うるわ》しい少女達に密着されているリオを発見して驚いたのか、ぱちぱちと瞠目している。

（…………どうしてここに？）

リオはそこにいる者達に見覚えがあった。この里を訪れた後に向かおうとしている場所にいるべきはずの者達だからだ。

リオは思わず硬直《こうちょく》してしまい、首を傾げてしまう。リオに密着していた少女達の視線も自然とそちらへ引き寄せられていった。結果、リオ達と着物を羽織った者達とが向かい合うことになる。すると、すぐに一人の男性が立ち上がり――、

「どうしてこちらにいらっしゃるんですか、ゴウキさん？」

と、リオは立ち上がった男性に問いかけた。そう、そこにいたのはカラスキ王国の上級武士サガ＝ゴウキであった。かつてリオの父ゼンと一緒に母アヤメの護衛を務めていた人物である。

「なんと申しますか、こちらの泉にいればリオ様がいらっしゃると聞いてお待ちしていたのですが……」

ややバツが悪そうに頰《ほお》を掻《か》くゴウキだったが、そこまで語るとリオを取り巻く少女達の顔をまじまじと見つめて――、

「引く手数多《あまた》とはこのことですな。いやはや、流石《さすが》はアヤメ様とゼンのご子息です」

わっはははと、豪快《ごうかい》に哄笑《こうしょう》する。

「いえ、その……、はは」

と、リオは苦笑いで誤魔化《ごまか》す。美春、セリア、ラティーファあたりは一体誰なのだろうかと、ゴウキ達《たち》に窺うような視線を向けていた。一方で、事前に里へ一時帰還していたサラ達はゴウキ達の来訪を知っていたのか、リオの顔色を窺っている。結果、なんとも微妙な雰囲気《ふんいき》が漂《ただよ》うことになった。そんな中――、

「御前様《おまえさま》、リオ様を困らせないよう」

ゴウキの背後に控えていた妻、サガ＝カヨコがやや冷ややかな声で夫に告げた。ふざけている場合ではありませんよ？　と、そう言わんばかりに……。

「う、うむ」

ゴウキはぎこちなく頷くと――、

「リオ様には一度、断られてはしまいましたが、貴方様《あなたさま》にお仕えしたく、はせ参じてしまいました。大変恐《おそ》れ入《い》りますが、改めてお話をさせていただく機会を頂戴《ちょうだい》できないでしょうか？」

その場で片膝《かたひざ》を突《つ》いて恭《うやうや》しく畏《かしこ》まり、リオに嘆願《たんがん》する。そして――、

「お願いします、リオ様！」

幼い少女の声が続けて響いた。声を発したのはゴウキの娘《むすめ》、サガ＝コモモである。そのすぐ傍には護衛兼《けん》お付きのアオイの姿もある。

「……コモモちゃんも付いてきたんですね。それに……」

リオはゴウキやコモモの後ろで隠れるように控えていた少女に視線を向けた。そのすぐ傍には見知った少年の姿もある。

「シンさんとサヨさんまで……」

そう、リオがかつて暮らしていた村の住民であるシンとサヨの兄妹《きょうだい》だ。リオがヤグモ地方を出る前に別れを済ませたのだが、どうしてここにいるのか。リオはその理由を考えて少し難しい顔になった。すると――、

「おい、サヨ。なにそんなところに潜んでんだ。ほら」

「ちょ、ちょっと、お兄ちゃん……」

シンはムスッとした声色でサヨの手を引っ張り、リオによく見える位置まで強引《ごういん》に連れ出した。一瞬だけリオや密着しているセリアやラティーファ達と視線が合ったが、サヨは途端《とたん》に俯き、具合悪げに視線を逸らしてしまう。そんなサヨの反応を見て――、

「…………」

これは間違《まちが》いなくリオとの間に何かあったなと、リオを取り巻く少女達は揃《そろ》って確信したのだった。

「ちっ、もっと堂々としやがれ」

シンはリオの傍にいる少女達とサヨを見比べるように眺《なが》めてから、リオを睨《にら》むようにジロリと目を細める。

「……とにかく、またお会いできて嬉しいです。ちょうどヤグモ地方にまた戻《もど》ろうと思っていたところなので、場を改めませんか？　長老様達にも挨拶をしないといけないので」

リオは少しバツが悪そうに顔を曇《くも》らせつつも、笑《え》みを浮《う》かべるように表情を緩《ゆる》めて提案した。

「無論、喜んで」

ゴウキは深々とこうべを垂れる。こうして、一行はとりあえず里の庁舎へと移動することになったのだった。

◇◇◇

場所は里の庁舎。

その最上階にある一室で。

リオは最長老であるシルドラ、ドミニク、アースラとの再会も果たしていた。互《たが》いに再会を喜び合ったところで、リオがセリアを最長老達に紹介する。

「初めまして。セリア＝クレールと申します。この度は里にお招きくださり、心よりお礼申し上げます」

椅子《いす》から立ち上がって、スカートの裾《すそ》を軽く摘《つ》まみつつ折り目正しくお辞儀をして挨拶《あいさつ》するセリア。育ちの良さが実によく伝わってきて、長老達もゴウキ達も目をみはる。

「最長老の一人、ハイエルフのシルドラだ。よくぞいらっしゃった、リオ殿《どの》の恩師よ。こちらの二人は同じ最長老で、狐獣人《きつねじゅうじん》のアースラとエルダードワーフのドミニクである」

「アースラじゃ。話はかねてリオ殿より聞いていた。サラ達やラティーファも世話になったようじゃな。よろしく頼《たの》む」

「歓迎《かんげい》するぜ、嬢《じょう》ちゃん！」

などと、最長老達はセリアを歓迎した。

「じょ……、はい。よろしくお願いします」

嬢ちゃんと呼ばれたことはなかったのか軽く目を見はったセリアだが、クスッとして嬉しそうに顔をほころばせる。すると――、

「こんにちは」

部屋の一角に光の粒子《りゅうし》が密集していき、どこからともなく準高位精霊《せいれい》のドリュアスが顕《けん》現《げん》した。

「おお、ドリュアス様」

「アイシアの気配を感じたから姿を見せにきたわ。貴方《あなた》がセリアね。里に来るってサラ達から話は聞いていたわ。ドリュアスよ」

と、ドリュアスは姿を見せた理由を語る。

「貴方がアイシアと同じ人型精霊の……。初めまして、セリア＝クレールです。私もリオ達から話を聞いています」

「ええ、初めまして。よろしくね」

「よろしくお願いします」

などと、挨拶を交わしたところで――、

「……んー」

ドリュアスがまじまじとセリアの全身を凝視《ぎょうし》し始める。

「あの、何か？」

セリアがぱちぱちと目を瞬く。

「貴方、人間族にしてはマナへの親和性がかなり高そうね。オドの操作もだいぶ長《た》けているんじゃない？」

「そう、なんですか？」

「ええ、貴方の身体《からだ》にマナが自然と寄っていってるもの。身体から溢《あふ》れるオドの波長もとても綺麗《きれい》だし、だからね。リオは規格外だけど、貴方もなかなかよ。ハイエルフのオーフィアと遜色《そんしょく》がないくらい。本当にエルフみたいね。先祖にエルフでもいたのかしら？　その先祖返りとか？」

「……どうしてそんなことがわかるんでしょう？」

「伊達《だて》に何百年も人型精霊をやっていないわよ。まあ、そのくらいアイシアでもわかるけどね。精霊はオドだけでなくマナも可視化できるから」

「なるほど……」

流石は何百年も存在し続けている高位の精霊であると、セリアは感心したように息を呑《の》む。アイシアもドリュアスと同格の存在ではあるし、戦闘《せんとう》では無類の強さを誇《ほこ》るのだが、寡黙《かもく》な性格をしているせいか普段はあまり精霊らしい知識を語ることもしないので、高位の精霊であることは実感しにくかった。

「ドリュアス様や最長老さん達へのセリアの紹介も済んだので、次はゴウキさん達のことについて話をしたいのですが……」

リオが室内の一角にある椅子に腰を下ろすゴウキ達を見やりながら、話を切り出す。妻のカヨコ、娘のコモモ、サヨ、シンなどの姿があり、総勢で十数人はいる。中にはリオが見慣れぬ顔もあるが、全員がカラスキ王国からやってきたことは間違いない。

「うむ。とはいえ、どこから話せばいいかのう」

アースラが悩ましそうに顎《あご》を撫でる。

「私の両親とゴウキさん達の関係について、アースラさん達は既《すで》にお聞きになっているのですよね？」

「うむ。本人不在の場で色々と過去を掘《ほ》り返《かえ》すことになってしまい、申し訳ないが」

「いいえ、お互いの素性《すじょう》を知る上で、共通の話題となるのが私のことでしょうから。とはいえ互いに見知らぬ顔もあるでしょうし、状況も把握《はあく》できていないと思うので、私から簡単に互いの紹介をしてもよいでしょうか？」

「そうじゃな。それがよかろう」

「まず、あちらにいるのは私の両親の知人であったゴウキさんと、妻のカヨコさん、そして娘のコモモちゃん。ヤグモ地方にあるカラスキ王国の上級武士……。シュトラール地方でいう軍関係の高位貴族、その本家の当主といえばわかりやすいでしょうか。周りにいらっしゃるのはおそらく家臣の皆《みな》さん。それと、私の父が生まれ育った村で暮らしていた住民のシンさんと妹のサヨさんがいらっしゃいますね。それがどうしてこの場にいるのかは把握できていないのですが……」

と、リオはゴウキ達を手で指し示しながら、主に美春やセリア達に対して紹介を行う。名前を呼ばれた順にぺこりとお辞儀《じぎ》をしていたので、誰が誰なのかはおおよそ伝わったはずである。

「サガ＝ゴウキと申します。いや、シュトラール地方では名を先に名乗るのでしたかな。となればゴウキ＝サガ、ですな。こちらにいる妻のカヨコやリオ様の父であるゼンとともに、リオ様の母アヤメ様に仕えておりました。もう二十年以上も前のことです」

ゴウキはスッと背筋を伸《の》ばし、リオの側に座《すわ》るセリアや美春達に自己紹介《しょうかい》した。

「今しがた最長老様達にも紹介しましたが、こちらにいるのが私の恩師のセリア＝クレール。義理の妹のラティーファに、一緒に暮らしている美春＝綾瀬《あやせ》さん。それと私と契約《けいやく》している人型精霊のアイシアです。サラさん達とは既に面識があるみたいですね」

今度はゴウキ達に向けて、セリア達の紹介を行うリオ。

一同、興味深そうに紹介された少女達のことを見つめる。特に美春はヤグモ地方に暮らす人間と同じで黒い髪《かみ》をしており、名前の雰囲気も似ているからか、ひときわ強く注目を

寄せられていた。が、それはさておき――、

「ええ。サラ殿達《どのたち》とは三週間ほど前に話をさせていただきました」

ゴウキはリオの言葉を受けて頷いた。

「里で私に会いたいと言っている人達がいると聞いていたのですが、ゴウキさん達のことだったんですね」

不意の再会に対する驚きは色あせてきたようだが、リオは困ったような顔になる。

「はい。驚かせてしまうとは思ったのですが、直接、お目通りした上でお話をしたく存じました。無断でリオ様を追うこともしてしまい、ご無礼をお許しください」

ゴウキは額を床《ゆか》に振《ふ》り下《お》ろさんばかりの勢いで平身低頭した。

「無礼だなんて思ってはいません。ただ、困惑《こんわく》はしているといいますか……。まさか追いかけてくるとは思ってもいなかったので」

と、リオは半ば呆《あき》れた様子で、溜息交じりに心情を吐露《とろ》する。生半可な気持ちで追ってきたのではないことは察しているし、怒《おこ》ることはできない。

「シュトラール地方へはお一人でお戻りになるから家臣は必要ないと、きちんとお断りになっていましたからな。某《それがし》も同行は諦《あきら》める、と申しました」

「同行は諦めたけど、後を追わないとは言っていなかった。そういうことですか」

「まあ、そういうことですな」

ゴウキはバツが悪そうではあるが、ニヤリと口許《くちもと》を緩める。とんでもない積極性と行動力だと、リオは溜息をさらにもう一つ吐《つ》く。

「里に来るまでの道のりも大変なんてものではなかったでしょう」

獰猛《どうもう》な生物が蔓延《はびこ》り、道なき道を進んできた。土地によっては超局地的《ちょうきょくちてき》な自然災害が発生していたり、異常気象で一年中日が見えずに方角がわからなくなってしまうような場所もあるので、里へたどり着くだけでもかなり過酷《かこく》だったはずだ。

「想像を超《こ》えるような出来事もありましたが、まあ、覚悟《かくご》の上。大変であることも予想しておりましたのでな。おかげで良い修行《しゅぎょう》になりました。幸い途中《とちゅう》で離脱《りだつ》する者もおりませんでしたゆえ」

「死者が出なかったのなら何よりです」

リオはホッと安堵《あんど》の息を漏《も》らした。

「まあ、基本的には精霊術を扱《あつか》える者しか同行させておりませんでしたからな。某の家臣達は手練《てだ》れ揃《ぞろ》いですし、まだまだ経験不足ではありますがシンとサヨも頑張《がんば》りました」

ゴウキはそう言って、シンとサヨの兄妹を見る。

「まさかお二人を連れてくるとは思いもしませんでした」

リオは少し気まずそうに二人へ視線を向けた。いったいどうして？　という質問をしたい衝動《しょうどう》に駆《か》られるが、それを口にすることは気が引けてできない。

「っ」

サヨは身の置き所がない感じで、きまりが悪そうにサッと俯《うつむ》いてしまう。シンはそれが気にくわないのか、ムッと唇を結ぶ。

「……サヨはずいぶんとリオ様のことを想《おも》っておりましたのでな。某が声をかけましたところ付いていきたいと願い出たので同行を許可しました。シンもなかなか見所のある男といいますか、粗暴《そぼう》な態度とは裏腹にかなりの妹想いのようでしてな。サヨのために自分も付いていくと申し出たのです。二人とも弱音も吐《は》かずここまで付いてきましたぞ」

ゴウキは口数の少ない兄妹を見て軽く溜息をつくと頬を掻き、本人達の代わりに二人の事情を語る。

「ふん」

シンが不機嫌《ふきげん》そうに鼻を鳴らす。ぶっきらぼうなのは村にいた頃《ころ》からのことだが、今はちょっと棘《とげ》があるようにも思えた。

「これ、シン。何を不貞腐《ふてくさ》れておるのだ」

「……別に、不貞腐れてなんていませんよ」

ゴウキが咎《とが》めるが、シンは渋面《じゅうめん》で否定する。

「まったく。申し訳ございませぬ、リオ様」

「いえ、謝《あやま》っていただくことは何も……。それよりお二人の同行をユバさんやルリは？」

「無論、了承《りょうしょう》は得て同行させております」

「なるほど。それで、どうして皆さんがこの里にたどり着いたのか、詳《くわ》しい経緯《けいい》を伺《うかが》ってもいいでしょうか？」

リオはゴウキ達が里にたどり着いた経緯を尋《たず》ねる。

「この里にたどり着いたのは完全に偶然《ぐうぜん》ですな。我々がカラスキ王国を出立したのはリオ様が発たれた数日後のことでしたが、里にたどり着いたのはほんの一月ほど前のことでして……」

「リオ殿がサラ達を連れてシュトラール地方へ向かった後、ゴウキ殿達が里の森へ迷い込んできたのじゃ。事情を聞けば目的があってシュトラール地方へ向かっていると言い、リオ殿の名前も出てきた。となると、無下に追い出すわけにもいかん」

「リオ様がそう遠くないうちにまたこの地へ帰ってくるであろうことを最長老のお三方から伺い、客人として迎《むか》え入れていただきました。里の皆様《みなさま》には強く感謝しております」

などと、ゴウキとアースラが経緯を掻い摘まんで語る。

「事情はおおよそ把握できました。となると、次はこちらのことを報告する番ですね」

リオの瞳《ひとみ》にどこか物憂《ものう》げな色が灯《とも》る。

そんなリオの心境を推《お》し量《はか》ったのか――、

「おおよその状況は既にサラ殿達から伺っております。見事、悲願を果たされたとのこと。言葉もございません」

ゴウキは凛《りん》と表情を張り、称賛《しょうさん》や祝福、喜びといった感情を込めることはせず、ただ粛々《しゅくしゅく》とリオに対して頭を下げて敬意を示した。

「……ありがとうございます、と言うのも変ですね。それに、大変な思いをしてここまで足を運んでくださったゴウキさん達にはなんと申せばいいか」

「何を、でございますか？」

気まずそうなリオを見て、ゴウキが腑《ふ》に落ちない顔になる。

「ルシウスが死んだ以上、ゴウキさん達がシュトラール地方へ向かう理由はなくなったでしょう？」

つまりは、ゴウキ達の苦労はただの徒労に終わるわけだ。

リオがそう指摘《してき》すると――、

「……ふっ、ふははははは、何を仰《おっしゃ》いますか」

ゴウキはきょとんと瞳を見開いてから、呵々《かか》と野太く哄笑《こうしょう》した。

「………」

何か妙《みょう》なことを言っただろうかと、少し困惑するリオ。すると――、

「失礼いたしました。御前をお騒がせしたこと、お詫《わ》び申し上げます。ですが、恐れながらリオ様は勘違《かんちが》いしておいでです。アヤメ様とゼンを殺したルシウスなる男への仇討《かたきう》ち。確かにそれも目的に含《ふく》まれていたことには相違《そうい》はございませんでしたが、それがすべてではございませぬ」

ゴウキがきりりと表情を澄《す》まして、リオに呼びかけた。

「……と、言いますと？」

「貴方様にお仕えすること。それが某らの目的です。ルシウスなる男が既に亡《な》き者《もの》になったことを喜びこそすれ、落胆《らくたん》する理由はございませぬ。某らの苦労が徒労に終わるとすれば、それは貴方様に忠義を尽《つ》くせなくなった時に他《ほか》なりません」

「私に仕えること……。私がそれを受《う》け容《い》れるかどうかもわからないのに、ですか？　というより、ヤグモ地方を出るにあたって一度同行を断った時点で、私が再び拒否《きょひ》するのは目に見えていたと思うのですが……。それに、シュトラール地方にたどり着けたとしても私と再会できる保証もなかった」

なのに、ゴウキ達は追いかけてきた。その事実にリオはなんとも名状しがたい思いに駆られたのか、ほとほと困惑したような顔になる。

「いずれも貴方様を追いかけない理由にはなりませぬな。貴方様にお仕えできるかもしれない。その可能性があるのなら、それで十分なのです。だから貴方様を追いかけた」

「……生まれ育った土地を捨ててまで、ですよ？　特に従者の皆さんは私の母に仕えていたというわけでもないはず。皆さん、本当に納得《なっとく》していらっしゃるのですか？」

人間関係、財産、身分。そういったものを全《すべ》て捨てることになるのだ。実現できるかもわからない願いを叶《かな》えるために危険を冒《おか》すのは無謀《むぼう》ではないだろうか？　リオはそう言わんばかりにゴウキ達を見る。

「うーむ、なんと申し上げればよいですかな…………」

ゴウキは困ったように言葉に詰まる。すると――、

「リオ様。従者の身で誠《まこと》に恐れながら、発言をお許し願えますでしょうか？　我々従者一同の思いについて、ゴウキ様の代わりに説明させていただきたく存じます」

コモモの隣《となり》に腰を下ろしていた従者のアオイが、手を挙げて発言の許しを求めた。

「もちろん構いませんが……」

リオがアオイを見て許可を出す。

「ありがとう存じます。そも、ここにいる従者はシンとサヨを除き、皆サガ家に拾っていただいた孤児《こじ》です。温かい食事と、着る物、住む場所に、生きる術《すべ》まで教えてくださりました。ゆえに、ゴウキ様とカヨコ様には人生をかけて返さなければならない大恩がございます。お二人が向かう先にはどこであろうと付き従いますし、お二人が主人と定めた方であるのなら我らにとっても主人でございます。それが何よりの喜びなのでございます」

アオイは深くこうべを垂れたまま、リオに自分達の思いを説明する。

「……なるほど」

かろうじて言葉を紡ぐリオ。王侯《おうこう》貴族として育ったわけではないリオからすれば想像しにくい生き方ではあるが、だからといって理解できないわけではない。見上げた忠誠心だと、思わず舌を巻きそうになった。

「従者達にはハヤテのもとに残ってもよいと伝えたのですがな……。皆、それを選ばなんだでした。見上げた忠義心だと、我《わ》が従者ながら思います」

少し面映ゆそうにはにかむゴウキだが――、

「ですが、某も、そして妻のカヨコもそれに勝《まさ》るとも劣《おと》らぬ忠義心をリオ様に抱いていると自負しております」

熱のこもった眼差《まなざ》しをリオに向けて、そう宣言した。

「なぜ、そこまで私に？　確かに、私の父はゴウキさんとカヨコさんの同僚《どうりょう》であり、私の母はそんなお二人が仕えていた相手だったのかもしれませんが……」

リオは戸惑《とまど》い顔で尋ねた。二人が自分にとてつもなく強い忠誠心を抱いていてくれているることはわかる。だが、その理由がわからないのだ。アヤメの息子《むすこ》だから、という理由がそれほどのものなのだろうか。

「某とカヨコはかつて亡きアヤメ様に忠義を尽くしきることが敵《かな》わなかった。だから、やり場のなくなったその忠義をご子息であるリオ様に、という思いはあります。ですが、それだけでは某らの想いは表現できませんな」

ゴウキははにかむように口を結び、くすぐったそうに首をさすった。まるで語るのが恥《は》ずかしいとでも言わんばかりの仕草である。

だが、ややあって――、

「国を追われ、身分を捨て、遠いシュトラールなる土地に移り住んだアヤメ様とゼン。もう二度と二人と対面することは敵わぬと思ってはおりましたが、どういうわけか二人の面《おも》影《かげ》を感じさせるご子息のリオ様がある日ひょんと姿をお見せになった。それが当初の某らから見たリオ様です」

と、当時の自分の視点から見たリオについて、嬉《うれ》しそうに語り始めた。

「懐《なつ》かしいですね。もう二年ほど前のことでしょうか」

リオも当時のことを振り返ったのか、遠い目になる。

「某は昨日のことのように覚えておりますぞ」

「あはは」

ゴウキが誇らしげに言うと、リオはノスタルジックに口許をほころばせた。

「伺えばゼンは死に、アヤメ様も逝去《せいきょ》なさったとのことでしたが、リオ様は幼少の砌《みぎり》にアヤメ様からお聞きになったお話だけを頼《たよ》りに何も知らずにカラスキ王国にたどり着いたというではありませぬか。殺された両親の墓を作りたかった。ただそれだけのために遠いシュトラールより危険を冒《おか》してまでヤグモにいらっしゃった。ヤグモに存在する数多の国を回って両親を知る者を探し続けた。先の見えぬ、想像を絶する気の遠い旅だったことでしょう。それを知った時、某はなんとも、なんとも……」

情感たっぷりに言葉を溜《た》めるゴウキ。リオは少しバツが悪そうな顔をしているが、その場にいる他の面々は真剣《しんけん》な面持《おもも》ちで聞き入っていた。ゴウキの話を聞くことで追体験しているのだ。アヤメとゼンの過去を知るゴウキからすれば、何も知らずにいた当時のリオはどう映ったのだろうか、と。

「某にとってリオ様はとても眩《まぶ》しかった。辛《つら》い過去にもめげずになんとも、なんとも立派に育っていらっしゃって……、リオ様はなんとご立派な方なのだろうと、某はただただリオ様に平伏《へいふく》してしまいました」

要するに、ゴウキは当時のリオに強く感情移入してしまったのだろう。その上でリオがアヤメやゼンのことを抜《ぬ》きにしても尊敬に値《あたい》する人物だと思った。リオという人物に一人の武人としても武士としても惚《ほ》れ込んでしまった。

だから、順を追って語るのであれば、ユバからの手紙でリオの存在を知った時には喜びこそすれ、忠義を尽くすのだとまではゴウキも思い至りはしていなかった。リオのことを知るにつれて、決意を固めたのだ。

「無論、アヤメ様とゼンの忘れ形見だからこそ、という事実は大いに関係しておりますが、そんな貴方様だからこそです。貴方様だからこそ、某は忠義を尽くしたい。忠義を尽くさずにヤグモに残れば残りの生涯《しょうがい》を通して後悔《こうかい》するに違《ちが》いない。そう確信しました。なのに、一度断られてしまったからといって、どうして大人しくしていられましょうか?」

と、徐々《じょじょ》に熱を込めて語っていくゴウキだが、少しヒートアップしすぎたことを実感したのか――、

「とまあ、これが貴方様の後を追って国を出た理由でございます。ご納得いただけたでしょうか?」

リオを見て、こそばゆそうに尋ねた。

「……ええ」

間を置き、なんとも困ったように頷《うなず》くリオ。

「であれば、恐れながら今一度、お尋ね申し上げたく存じます。貴方様に忠義を捧《ささ》げる栄《えい》誉《よ》を、某らに授《さず》けてはいただけないでしょうか？」

ゴウキは椅子から腰を上げると、そのまま床に跪《ひざまず》いてリオに対する忠義を示した。カヨコやコモモ、そして従者達も静かにそれに続く。すると、リオはどう返答するのか、室内にいる面々の視線が向けられる。果たして――、

「…………正直、誰《だれ》かに忠誠を誓《ちか》われることには慣れていません。これから先も慣れることはないのだろうなと思いますし、皆さんに対して主人として振る舞《ま》うこともできるとは思いません。人に何か命令をするのは苦手なので」

頼《たの》み事《ごと》をするのですら気が引けてしまう。リオはたっぷりと逡巡《しゅんじゅん》し、渋《しぶ》い顔で難色を示した。

「……でしょうなあ。リオ様のお人柄《ひとがら》は重々承知しているつもりです」

ゴウキは薄々《うすうす》と予想していたかのように相槌《あいづち》を打って苦笑《くしょう》する。ただ、それでもリオに仕えたいのだと、熱い眼差しで言外にリオへと訴《うった》えた。すると――、

「とはいえ、皆さんのお気持ちはわかりました。だから、このままカラスキ王国へ帰ってほしいとも言えません。困りました」

リオは言葉通り、ほとほと困り果てたように口を結んだ。

「では……？」

家臣となることを認めてくれるのだろうか？　その可能性を感じ取ったのか、ゴウキは少し意外そうにリオの顔色を窺《うかが》った。

というのも、かつてのリオならばゴウキ達を家臣にするつもりはないと、結論ありきで受け応《こた》えていたと思ったからだ。断りづらそうにはしていたが、一言目で駄目《だめ》だとしっかり断っていた。実際、それで家臣として同行することを拒否され続けた。

それが今はどうか？　難色を示してはいるものの、明確に一言目で駄目だとは言っていない。それどころか――、

「……今ここで良い答えを出すことはできません。少し、考える時間を頂けませんか？」

考える時間が欲《ほ》しいと返答してきた。

「む、無論！　無論にございます！」

ゴウキは気持ちが高ぶるのを抑《おさ》えられないのか、それが声に現れていた。無理もない。リオの家臣になることを願うゴウキにとって、これはとても大きな前進である。仮に駄目

だと言われてもそう簡単に引き下がるつもりはなく、長期戦になることも覚悟していただけに非常に嬉しい誤算であった。

（悲願を果たされたことでリオ様に何かしらの心境の変化があったのだろうか？　あるいは、周囲にいる少女達の影響《えいきょう》か……）

ゴウキはリオの周りに座る美春やセリア達に視線を向ける。しばらくリオに会わないうちに何か変化があったのだとすれば、復讐《ふくしゅう》を果たしたことはもちろん、彼女達《かのじょたち》の存在も影響しているに違いないと推測した。最長老達も似たような変化を感じ取ったのか、あるいはリオが断るかもしれないと予想していたのか、目を見はっている。

「では、そういうことで。とりあえず立ち上がってください」

リオは場の空気を軽くするように、肩《かた》の力を抜いてゴウキ達にお願いした。

「となると、今夜は再会を祝して宴《うたげ》だな」

ドミニクがガハハと明るく笑って提案する。

「お主が酒を飲みたいだけであろう、まったく」

やれやれと肩をすくめるアースラ。

「とはいえ、まだまだ積もる話もあるであろう。初対面の者同士も多いだろうし、そこで交流を深めると良いだろう」

シルドラがフッと口許をほころばせて話をまとめる。

「じゃな。そこで答えを出すかどうかはともかく、リオ殿はとりあえずそれまでの間に考えまとめてみるのがよかろう」

「ええ」

「でしたら、某らは宴の時まで引っ込んでいるとしましょう。急ぐ必要はございませんので、何卒《なにとぞ》、ごゆるりとお考えくださいませ」

アースラに勧《すす》められ、リオはおもむろに首を縦に振る。ゴウキは宴の時まで引っ込むと申し出て、次に一同が顔を合わせるのは夜になるのだった。

◇　◇　◇

最長老達がいる里の庁舎を後にすると、リオはかつて里で滞在《たいざい》していた際にみんなで利用していたゲストハウスへと移動した。コモモが同行したそうな顔をしていたが、宴の時までは別行動をすることになり、美春、セリア、アイシア、ラティーファ、サラ、オーフィア、アルマがリオに同行する。

「ここが里に滞在している間に暮らすことになる家です」

と、リオは玄関《げんかん》を開けてセリアを家屋の中へ誘《いざな》う。

「お兄ちゃんが里にいる間はいつもみんな一緒《いっしょ》にここで暮らすんだよ！」

ラティーファが得意顔でセリアに説明する。

「ツリーハウスっていうのかしら？　中はずいぶんと広いし、すごく素敵《すてき》なお家だわ。歩いている時にも思ったけど、この里の人達は自然と融和《ゆうわ》しながら暮らしているのね」

当然だが宿り木となっている樹木の木材がそのまま使用されていて、なんとも木の温かみのある空間となっている。シュトラール地方の都市ではまず見かけることがない建造物だからか、セリアは実に物珍《ものめずら》しそうに家の中を見回していた。

「ありがとうございます。滞在中はここを我が家《や》だと思って過ごしてください」

と、里の住民であるサラが誇らしげに言う。

「この家のお風呂《ふろ》もなかなか素晴《すば》らしいので、夜にでも入ってみてくださいね」

「里の案内もしないとですね」

などと、オーフィア、アルマもセリアを歓迎する。

「うん、楽しみだわ！」

元気よく頷くセリア。

一方、その傍《かたわ》らでは――、

「またいつか、亜紀《あき》と雅人《まさと》も連れてこられるといいね、美春」

アイシアが気遣《きづか》うように美春に語りかけている。

「うん」

美春はほんの少し寂《さび》しそうに、だが明るい笑みをたたえて頷いた。すると——、

「せっかくなので、皆さんで里の散歩をしてきたらどうですか？」

と、リオが一同に提案する。すると、顔を見合わせる少女達。つい先ほどのリオとゴウキの会話を受けて彼女達なりに思うところがあるのか、目線だけで意思の疎通《そつう》を図《はか》る。

「……どうかされましたか？」

女性陣《じょせいじん》だけでアイコンタクトを取っていることに気づいたのか、リオが疑問符《ぎもんふ》を浮かべる。と——、

「……お兄ちゃん、私達、相談に乗るよ？」

義理の妹であるラティーファが、少女達を代表して開口した。少女達はこくこくと首を縦に振り、無言の同意を示す。

「……ゴウキさん達のことについて、だよな？」

リオは少女達の視線を受け止めると、少し気後《きおく》れしたようにはにかむ。

「うん」

「……気持ちの方向性自体はわかっているんだ。ただ、双方《そうほう》が納得できるような方向に上手《うま》く持っていけるかわからないというか、考えがまとまらないというか。そうだね。よかったら話を聞いてくれるかな？　皆さんも」

「もちろん！」

リオが控《ひか》え目《め》にお願いすると、少女達《たち》は声を揃えて返事をする。

「じゃあ、椅子に座りましょうか。お茶は時空の蔵《くら》に作り置きしてあるのを出しますね」

「手伝うよ、オーフィアちゃん」

オーフィアと美春が率先《そっせん》してリビングへと向かう。それでリオ達も後を追いかける。準備はものの十数秒で完了《かんりょう》し、みんなで着席する。すると、少女達は自然とリオが話し出すのを待ち、ややあって——、

「……先ほども言った通り、俺《おれ》は誰かの主になる器《うつわ》ではないんです。家臣として忠誠を誓われても、主として接することができない。だから、ゴウキさん達を家臣として抱《かか》えることには抵抗《ていこう》があって……」

と、リオは気持ちを吐露し始めた。

「……でも、今のリオを見ていると、ゴウキさん達の想いに応えたいと思う気持ちもあるように見えるわ。だから迷っているのでしょう？」

違う？　と、セリアがリオの顔色を窺うように尋ねる。

「ええ、まあ」

苦笑して肯定《こうてい》するリオ。

「では、ゴウキさん達を家臣として迎え入《い》れるつもりもある、ということですか？」

今度はサラがリオに尋ねた。

「……いえ。家臣としてではなく、皆さんと同じように対等な関係で一緒に生活してみるというのであれば……。ゴウキさん達も皆さんと同じように、大切な人達なので」

主人として振る舞う自信はないから、ゴウキを家臣にすることには抵抗がある。とはいえゴウキ達がそれでも一緒にいて欲しいと思ってくれるなら、その思いには応えたい。その中間として生まれた選択肢《せんたくし》である。つまりは、そういうことなのだろう。

「なるほど……」

少女達もそれですとんと腑に落ちたらしい。

「なら、そう伝えてみればいいんじゃないでしょうか？」

「ええ、私も同感かな」

美春がリオの表情を窺いながら提案し、セリアが賛同した。他の者達も「賛成」だと言葉を発する。

「……ゴウキさん達がそれで納得してくれるのかなと」

リオが自信なげに頬《ほお》を掻《か》いて言う。

「どうして？　すると思うけど……」

きょとんと首を傾《かし》げるセリア。

「ゴウキさん達が家臣になることにこだわっているのなら、残念に思わせてしまうのではないかなと思いまして……」

家臣にはできませんが、一緒に来ますか？　それはゴウキ達が望む返事なのだろうか？

リオはついそんなことを考えてしまっているらしい。

「それは難しく考えすぎだと思いますけど……」

「そうね、貴方の悪い癖《くせ》だわ」

サラが苦笑交じりに告げ、セリアも呆れを覗《のぞ》かせる。

「もっと自信を持とうよ、お兄ちゃんなら絶対に大丈夫《だいじょうぶ》！」

ラティーファもグッと拳《こぶし》を握《にぎ》って、リオに発破を掛《か》けた。リオは少し気恥《きは》ずかしそうな顔になり――、

「ゴウキさん達とも一緒にいるようになると、ここにいる皆さんとの付き合いも増えると思いますが……、そこは皆さん大丈夫そうですか？」

と、微妙《びみょう》に話題を逸《そ》らす。

「うん。ゴウキさん達もすごく良い人そうだったし、今夜の宴で喋《しゃべ》るのも楽しみだよ」

好奇心旺盛《こうきしんおうせい》に返事をするラティーファ。

「そうだね」

美春達もふふっと笑って同意した。

「なら、仮に一緒に暮らすことになっても問題はなさそうですね」

「ええ、後は貴方がゴウキさん達に想いを伝えるだけよ」

「あはは……、ですね」

リオは弱々しく笑《え》みをこぼして頷く。すると――、

「……ねえ、リオ。主人と家臣の関係なんて十人十色よ。貴方は自分が人の上に立つ器じゃないって思っているのかもしれないけど、私はそんなことはないと思う。だからゴウキさん達だって貴方に仕えたいと思っているんでしょうし。ラティーファも言っていたけど自信を持って」

ね？　と、セリアは愛らしい片えくぼを作って、貴族ならではの視点からリオに言い聞かせる。それでリオもようやく表情を明るくして――、

「はい」

と、首を縦に振った。

「むー、流石《さすが》セリアお姉ちゃん。お兄ちゃんの恩師なだけある」

ラティーファはぷくっと丸い風船を頬に浮《う》かべる。アイシアを除く他の少女達からも羨《うらや》ましそうに見つめられて――、

「い、いやいや、別に特別なことは言っていないと思うけど」

狼狽《うろた》えるセリア。

「まあ、今はそれはいいんだけどさ……。宴の前にお兄ちゃんに訊《き》いておきたいことがあるし」

「……何を？」

ちらりと視線を向けてきたラティーファと目が合い、リオが警戒《けいかい》しているようにやや身構えて尋ねる。

「えっとね。もしかしたらこれから一緒に暮らすことになるかもしれないわけだから、相手のことはよく知っておく必要があるよね？」

「うん、まあ……」

言っていることは何も間違《まちが》っていないように思えた。だから、リオは何か嫌《いや》な予感を抱きながらも同意せざるをえなかった。すると――、

「じゃあ質問です！　サヨって女の子と何かあったの？　あとはコモモって女の子とも」

ラティーファがしゅばっと勢いよく挙手して質問する。

「え、ええ？」

リオは不意の質問に狼狽《ろうばい》してしまう。

「サヨさんの反応は絶対、カラスキ王国の村でお兄ちゃんと一緒に暮らしていた時に何かあったでしょ？」

「いや、どう、だったかな……？」

白を切ろうとするリオだが——、

「嘘《うそ》！　絶対嘘！　ねえ、お姉ちゃん達！」

ラティーファは美春やサラ達に同意を求める。

「確かに」

うんうん頷く一同。セリアも自らへの追及《ついきゅう》は避《さ》けられたからか、ここぞとばかりに頷いている。かくしてリオに対する質問の包囲網《ほういもう》が瞬《また》く間《ま》に構築され——、

「プ、プライバシーに関《かか》わることだから」

リオは実にバツが悪そうに視線を逸らす。

「ほらあ！　あった！　その答え方はやっぱり何かあった！」

ラティーファがジト目でリオを見る。

「勘弁《かんべん》してくれよ……」

ほとほと困り果てたように声をひねり出すリオ。こうして、宴までの間、リオは少女達から質問攻《ぜ》めに遭《あ》うのだった。

◇◇◇

そして、いよいよ宴の時間が訪《おとず》れた。

場所は里の庁舎の大食堂で。

「ようし、まだるっこしい挨拶《あいさつ》はナシだ。呑《の》みながら話そうぜ！　乾杯《かんぱい》！」

ドミニクが天上を突《つ》き破《やぶ》らんばかりの勢いでグラスを掲《かか》げた。もちろん、彼《かれ》の身長では天上に手が届くことなどないが……。

「乾杯！」

部屋のあちこちで杯《さかずき》が掲げられ、陽気な声が響《ひび》く。リオも美春、セリア、アイシア、ラティーファ、サラ、オーフィア、アルマと一緒にグラスをぶつけ合った。

「みんなかんぱーい！」

ドリュアスも陽気な足取りで近づいてきて、順にグラスを重ねていく。さらには――、

「ラティーファちゃーん！　リオ兄様に姉様達ー！」

「あ、ベラちゃんだ！　アルスラン君も！」

ラティーファの親友で、サラの妹でもある銀狼獣人《ぎんろうじゅうじん》のベラが大きく手を振りながら歩み寄ってきた。その背後からは獅子獣人《ししじゅうじん》のアルスランと、里の戦士長であるウズマが近づいてきている。

「皆様、お久しぶりなのです！」

ベラは再会を喜んでいるのか尻尾《しっぽ》を左右に振りながら、元気よく挨拶した。

「久しぶり、ベラちゃん！」

「お久しぶりなのです！　会いたかったのですよ！」

互《たが》いに抱きつき、再会を喜び合うラティーファとベラ。そんな二人の姿をアルスランがやれやれと見つめていて――、

「よう、リオの兄貴」

と、リオに声をかけてきた。

「久しぶり、アルスラン。ウズマさんも」

「ええ、お元気そうで何よりです、リオ殿《どの》」

「はい、おかげ様で。アキちゃんとマサトはシュトラール地方に残ることになってしまいましたが……」

リオはこの場にはいない亜紀と雅人のことにも触《ふ》れる。

「二人のことはサラ姉ちゃん達が前に戻《もど》ってきた時に聞いたぜ。マサトとはまた手合わせをする約束をしていたんだけどな。ったく……」

アルスランが寂しそうにぼやく。

「雅人もアルスランとすごく会いたがっていたよ。時間はかかるかもしれないけど、またいずれここに連れてこられないか模索《もさく》してみるから」

「頼《たの》むよ」

「ああ」

リオは力強く頷くと――、

「ちょっとゴウキさん達とも乾杯してくるよ」

と、言い残して、数メートルほど離《はな》れた場所で待機していたゴウキ達を見る。そして歩きだすと――、

「あ、私達も行きますよ」

傍《そば》で話を聞いていた他の面々もリオの後を追う。

「皆《みな》さんとも乾杯させていただいていいですか？」

リオは追いかけてくる面々を背中越《ご》しに確認《かくにん》すると、ゴウキ達に語りかけてグラスを掲げる。

「もちろんですとも！」

ゴウキはリオから声をかけてくれるのを待っていたのか、実に嬉しそうに応じた。

「乾杯」

と、リオとゴウキが杯を交《か》わすと、その場にいる他の者達もグラスを上げて乾杯する。

「いやあ、宴は良いですなあ。どこへ行っても宴は良いものです。しかもこの里の酒は実に美味《うま》い。そうそう、ヤグモ地方の酒もあって驚《おどろ》きましたぞ」

ゴウキはグラスに入った酒をグイッと飲み込んでから、呵々と上機嫌《じょうきげん》に語った。

「ドワーフの人達が作ったんでしょう。彼らは里の中でも無類のお酒好きですから」

「そのようですな。某《それがし》も酒の強さには自信がありましたが、ドワーフのお歴々は実に酒豪《しゅごう》揃《ぞろ》いで初めて里に来た時は驚きました」

「歓迎《かんげい》されたみたいで何よりです」

「リオ様のおかげです。名前が出るまではなかなか緊迫《きんぱく》しておりましたからな」

「この里は本来、人族の受け容れには消極的ですからね。ですが、どうして私の名前が話題に上がったんですか？」

「シュトラール地方へ向かう我々が道中でこの里にたどり着いたということは、リオ様もたどり着いていた可能性もありますからな。必ずしも通るとは限りませんが、立ち寄っている可能性はあると考え試《ため》しに訊いてみたのです」

それが功を奏したというわけだ。

「なるほど」

「そちらにいるウズマ殿を始め、里のお歴々は相当な手練《てだ》れ揃《ぞろ》いですからな。地の利もなく、加えて多勢に無勢。対応を誤っていたら流石《さすが》に捕《と》らえられていたでしょうな」

ゴウキはちらりとウズマに視線を向けながら、わははと笑って語ると——、

「それはそうと、リオ様達のことも伺《うかが》いたく存じます。コモモ達もリオ様とお話ししたがっているようなので、お呼びしてもよろしいでしょうか？」

すぐ傍でそわそわとしながら話を聞いていたコモモやサヨにも視線を向け、話に加わる許しをリオに求めた。

「ええ。そういう堅苦《かたくる》しいことは気にしないでもらえると嬉しいです、本当に。せっかくの宴ですし、私の母の身分のことは忘れてください」

リオは困り顔でお願いする。

「なかなか難しいお話ではありますが……、御意《ぎょい》。そういうわけだ。お前達も話に加わりなさい。今宵《こよい》は無礼講だそうだ」

ゴウキはコモモ達を招き寄せる。

「俺の妹や皆さんもゴウキさんやコモモちゃん、サヨさんとも話したがっているので」

リオは後ろにいるラティーファや美春達を見て言う。

「おお、それは光栄です。リオ様に義理の妹君がいらっしゃるとはかねて伺っておりましたが、こうしてお会いでき誠に光栄です、ラティーファ様。先ほどもご紹介《しょうかい》に与《あずか》りましたが、リオ様の亡き母アヤメ様の護衛役として仕えておりました。ゴウキ＝サガと申します」

ゴウキはラティーファに対しても強く忠誠を誓うように、恭《うやうや》しくこうべを垂れた。

「あはは……、私はお兄ちゃんのお父さんやお母さんとは血の繋《つな》がりはないので、そんなに畏《かしこ》まらなくて大丈夫ですよ。ラティーファです。よろしくお願いします」

ラティーファは強く敬意を払《はら》われて緊張《きんちょう》したのか、ぺこりと礼儀《れいぎ》正《ただ》しくお辞儀《じぎ》する。

「リオ様の妹君とあらば血の繋がりは関係ございませぬ。それはそうとラティーファ様のお歳《とし》はいかほどなのでしょうか？　コモモと同い年くらいとお見受けしましたが……」

「えっと、十三歳です」

「ほほう。となるとコモモの一つ年上ですな」

ゴウキがちらりとコモモを見る。

「わ、そうなんですね。よろしくね、コモモちゃん」

「はい、ラティーファ様」

ラティーファが親しげに挨拶すると、コモモも可愛《かわい》らしく微笑《ほほえ》んで元気よく応じた。

「様はいらないよ。歳の近い女の子から様付けで呼ばれても困っちゃうし。歳も一つしか離れていないんだし……。だから、ね？　様付けじゃなくていいから」

照れてきまりの悪い顔になるラティーファ。

「ですがラティーファ様はリオ様の妹君ですし……」

コモモは遠慮《えんりょ》がちに父ゴウキとリオを見比べる。

「私はコモモちゃんとお友達になりたいんだけど……、ダメ？」

ラティーファは不安そうに首を傾げ、コモモの顔色を窺う。身分や地位というのは友情を築くにあたっては壁《かべ》となる。特に上級武士の娘《むすめ》として厳しく礼儀《れいぎ》を躾《しつ》けられてきたコモモにとって、身分関係は重要だろう。なんとも微妙な問題だが――、

「俺からもお願いします、コモモちゃん」

リオからもコモモに頼む。

「んん……」

もどかしそうに葛藤《かっとう》するコモモ。すると——、

「……お二人がこう仰《おっしゃ》っているからな。ありがたく、同年代の友人として接させていただくとよいだろう」

ゴウキが優《やさ》しく目を細めて許可を出した。多少の抵抗はあるようだが、事情を考慮《こうりょ》して融通《ゆうずう》を利《き》かせたようだ。

「では………、ラティーファ……ちゃん？」

コモモはたっぷり深呼吸してから、恐《おそ》る恐るラティーファをちゃん付けで呼んだ。

「うん！　よろしくね、コモモちゃん！」

「……はい！」

親しげに笑顔《えがお》を交わす二人。

「じゃあ、私のお友達を紹介するよ！　もう知っているかな？　すぐそこにいるのがベラちゃんとアルスラン君」

ラティーファはコモモの手を引っ張って、美春やサラ達の後ろにいるベラとアルスランの所へ連れて行く。そうして年下組で交流を深めることになる。

「ありがとうございます、リオ様」

「いえ」

嬉しそうにかぶりを振《ふ》るリオ。

「ところで気になっていたことがあるのですが、ミハル殿はヤグモ地方の生まれなのでしようか？」

ゴウキが美春を見て尋《たず》ねた。黒髪《くろかみ》はヤグモ地方では一般的《いっぱんてき》な髪の色だ。顔だちもヤグモ地方に暮らす者達は地球でいうユーラシアンというか、アジア系の色が濃《こ》いので、日本人ならわりと自然に溶《と》け込むことができる。ゆえに、ゴウキが美春をヤグモ地方の出身と思ったのも無理はない。

「いえ、美春さんは少し事情が特殊《とくしゅ》でして……。今、シュトラール地方では異界より召喚《しょうかん》された勇者と呼ばれる人達が登場しているのはご存じないですよね？」

「…………ええ」

言葉の意味を理解できなかったのか、理解はしたが受け止めきれなかったのか、ゴウキがきょとんとした顔でぎこちなく頷く。すぐ傍にいる妻のカヨコ、サヨ、シンに他の従者達も疑問符を浮かべていたり、面食らっていたりしている。

「まあ、困惑《こんわく》しますよね」

リオと美春が顔を見合わせて苦笑する。

「信じられないかもしれませんが、私は別の世界からやってきたんです」

「……では、ミハル殿がその勇者とやらなのでしょうか？」

「いえ、私は勇者ではなくて……」

「美春さんの友人が勇者なんです。美春さんはそのご友人に巻き込まれる形でこの世界へやってきました」

と、リオが補足するように答える。

「この世界に迷い込んで迷子になっていたところをハルトさんに助けてもらったんです」

美春もリオの説明を補足する形で経緯《けいい》を説明した。が――、

「ハルト……でございますか？」

聞き覚えのない名前にゴウキ達が首を傾げる。

「あっ、すみません！　ハルトさんというのは、その……」

ついいつものようにハルトと名前を呼んでしまった美春だが、ゴウキ達はそのことを知らなかったのだと気づいて慌《あわ》てて謝罪するが――、

「俺がシュトラール地方で名乗っている名前なんです」

幾度《いくど》となくしてきた説明なので、リオも慣れたものだ。

「す、すみません……」

「いえ、ゴウキさん達には説明するつもりだったので」

「……なぜ、お名前を変えていらっしゃるのですか？」

何かあるのだろうかと、ゴウキがリオの表情を探《さぐ》りながら尋ねた。

「実は過去にシュトラール地方で冤罪《えんざい》にかけられたことがありまして……」

「なんですと？」

リオが冤罪にかけられたと聞いて、ゴウキの声色《こわいろ》がやや剣呑《けんのん》なものになる。

「今のところこれといって不都合もないので、気にしないでください」

前世のことも説明した方が良いかもしれないと考えるが、明るい宴の席でするような話でもないだろう。そう考えて今は黙《だま》っておく。

「むう……、承知しました」

不承不承頷くゴウキ。そう簡単には納得《なっとく》できないようだが、やはり明るい宴の席ということもあって、この場ではこれ以上掘《ほ》り下《さ》げることはしないと決めたようだ。

「まあ、そういうわけでシュトラール地方ではリオと名乗っていないんです。だから、美春さんにもハルトと名乗って出会いましたし、ハルトと呼ぶように頼んでいるのでそれに慣れてしまっています。彼《か》の地《ち》で俺の本当の名前がリオだと知っている人は極限られた一部の人達だけですね」

「然様《さよう》でございましたか……」

「話が脱線《だっせん》してしまいましたが、ですので美春さんは紛《まぎ》れもなく異世界出身の人間です」

「にわかには信じがたいですが、他《ほか》ならぬリオ様のお話ですからな。信じるしかありませぬ。シュトラールにはそういった魔術《まじゅつ》、なるものもあるのですな」

「神代の超魔術《ちょうまじゅつ》なので、現代の魔術知識では再現不可能なんですけどね。現存しているその時代の魔道具に封《ふう》じ込められていた魔術が何らかの要因で一斉《いっせい》に発動したみたいなんです。それでシュトラール地方ではちょっとした騒《さわ》ぎになりました。ヤグモ地方では魔術が普及《ふきゅう》していませんから、なおさら困惑するはずでしょう。髪の色や顔だちを含《ふく》め、ヤグモ地方の方々と特徴《とくちょう》が似ているのも確かです」

リオはゴウキ達の心境を慮《おもんぱか》ったようにくすっとする。

「ですな。なんともお美しく、どこぞの名家で生まれ育ったお嬢様《じょうさま》かと思いましたぞ。若い頃《ころ》のアヤメ様を思い出したほどです。なあ、カヨコよ」

「ええ。なんとも気立ての良いお嬢様だと感じておりました。アヤメ様に通じるものがございますね」

ゴウキはここでようやく相好を崩《くず》した。アヤメのことを思い出したからか、優しい顔つきになり、妻のカヨコにも話を振る。カヨコも美春のことを褒《ほ》め称《たた》えるが、いきなりそんなことを言われて――、

「……わ、私がハルトさんのお母さんと？」

美春の頬は紅葉のように赤くなる。

「アヤメ様も髪の長い御方《おかた》でしたからなあ。ミハル殿のように美しい濡《ぬ》れ羽《ば》色《いろ》の黒髪で、長さもちょうどミハル殿と同じくらいでしたぞ。うむ」

ゴウキは実に懐《なつ》かしそうに語っており、美春の変化には気づいていない。しかし代わりに妻のカヨコやサヨ、アオイを始めとする女性の従者達がしっかりと気づいていた。

「そう、なんですか……」

美春は自分の黒髪に触れ、恥《は》じらう乙女《おとめ》の顔になる。

「ははは、こちらから伺ってばかりで申し訳ございませぬ」

「いえ、最初はこちらの方から色々と訊いてしまいましたから」

「里に来て初めて某らがいることを知ったのですから当然でございましょう。伝聞で説明してもらうよりは、やはりこうして対面してお話をしたかったものでしてな。ゆえに某らもリオ様の近況《きんきょう》に関しては最低限のことしかサラ殿達《どのたち》から伺っていなかったのですが、失礼いたしました」

「ヤグモ地方を出てからまた色々とありまして……」

「でしょうなあ。行動を共にされている方もたくさんいらっしゃいますし」

「ええ」

「……それにしても、リオ様の身の回りにいらっしゃる方となると、気になる方ばかりで困りますな。そうそう、セリア殿はリオ様の恩師だったとのことで」

ゴウキはリオの傍にいる面々を好ましそうな顔で見回してから、まだ話題に上がっていないセリアに注目する。

「恩師、と呼ばれるほどのことができたかわからないのですが、リオが十二の時まで講師をさせていただきました」

「となると、四、五年ほど前までのことですか。ですが、それにしては、その、ずいぶんとお若いのですな。リオ様と同い年……くらいに見えますが」

本当はリオよりも年下に見えると顔に出たゴウキだが、言葉を選んだらしい。

「セリアと俺は五歳しか違《ちが》いませんからね」

リオがセリアと呼び捨てにして告げると――、

「ほほう、だから親しげなのですな」

互いに名で呼び合っていることだし、とゴウキが興味深そうに唸《うな》る。カヨコもさりげなく目を光らせてセリアを見た。一方で、サヨは美春やセリアに同性ながらに見惚《みほ》れているような顔になっていて――、

（サラ様達も、ミハル様も、セリア様もすごく綺麗《きれい》で可愛い人……。それとリオ様のすぐ隣《となり》にいるアイシア様も）

リオの周りにいる少女達を目の当《ま》たり《あ》にして、すっかり自信なげな顔になっていた。まるで貴族のお姫様達《ひめさまたち》みたいではないか。平凡《へいぼん》な村で生まれ育った自分なんかとは根本からして違う。久々に会ったリオはやはり素敵だし、こんなにも素敵な女性達に囲まれているのだから、リオが自分なんかを振ってしまったのも当然だったのではないだろうか？

などと、サヨはそんな思いに苛《さいな》まれていた。同時に、ヤグモ地方を出発する時にリオに告白したことで、今さらながらに恥ずかしさがこみ上げてきている。

「…………」

シンは無言のまま、何か気に食わなそうにサヨとリオを見比べていた。と、まあそれはともかく――、

「アイシア様はなんと言いますか……、ただ者ではない雰囲気《ふんいき》を感じますな」

ゴウキはアイシアの外見的な美しさよりも、その隙《すき》のなさに注目していた。それらからアイシアの実力がかなりのものに違いないと当たりをつけたらしい。

「流石ですね。すごく強いですよ、アイシアは」

「ほほう……。なんでもアイシア様はドリュアス様と同じで位の高い精霊《せいれい》様だとか。リオ

様と契約《けいやく》なさっているとのことですが……」

「契約した状態で長らく私の中で眠《ねむ》りに就《つ》いていたんです」

「となると、ヤグモ地方にいらした頃はまだ眠りに就かれていたと」

「ええ。皆さんと別れた後、俺がシュトラール地方にたどり着いた後に目覚めました。そこからの付き合いですね」

「いつも春人《はると》のお世話になっている」

リオから視線を向けられて、アイシアが開口した。

「それはこっちの方だよ」

と、リオはアイシアに応《こた》えてから――、

「アイシアにはこれまでに幾度と助けられてきたんです」

ゴウキ達にアイシアのことを紹介する。

「ははは、実に仲睦《なかむつ》まじそうでよろしいですな。他の皆々様《みなみなさま》とも……。そのおかげでしょうか。あるいは悲願を果たされたからか。リオ様は何となく雰囲気が変わられたように思えます」

ゴウキはリオとアイシアのことを微笑ましそうに見つめてから、周囲にいる美春やセリア、サラ、オーフィア、アルマ、ラティーファのことも見回してそう語った。

「だとしたら間違いなく皆さんのおかげですね。俺一人だったらきっと変われていなかったと思います。復讐《ふくしゅう》を終えたことで何かが変わっていたとしても、もっと閉じこもるようになっていたんじゃないかなと」

「良い出会いに恵《めぐ》まれたのですなあ」

正直に気持ちを吐露《とろ》するリオを見て、ゴウキがしみじみと言う。

「ええ、本当に」

リオは優しく笑みをたたえて心から同意した。すると話を聞いていた周りの少女達も照れくさそうな反応を示す。

（いやはや、本当に雰囲気が変わられた。翳《かげ》りが以前よりもだいぶ薄《うす》まったようだ。男子三日会わざれば刮目《かつもく》して見よとはいうが）

と、ゴウキは瞠目《どうもく》して思う。依然《いぜん》として影《かげ》は感じさせるが、人の立ち入りを拒《こば》むようなそれではないのだ。すると――、

「それで、皆さんが私の家臣にという話ですが、今ここで話をしても構いませんか？」

リオがくだんの話を議題に上げる。

「お、おお。もちろんですとも」

すかさず首を縦に振るゴウキ。話の流れから悪い予感はしなかったのか、期待を滲《にじ》ませ

て声を弾《はず》ませる。

「やはり俺は誰《だれ》かの主になれるとは思っていません。ゴウキさんやカヨコさんのような立派な方が相手となると尚更《なおさら》です。ですので、家臣として召《め》し抱えたいと返事をすることはできないのですが……」

リオはそこまで語ると、いったん言葉を区切って覚悟《かくご》を決めるように息を吸う。そして向かいにいるゴウキをじっと見据《みす》えると――、

「家臣になれなくても構わない、というのであれば一緒《いっしょ》に行動してみませんか？　どこへ行くにしても常に一緒、というわけにはいかないかもしれませんが」

と、ゴウキ達を誘《さそ》った。

「それは、いったいどういう……」

今のリオの説明だけでは解釈《かいしゃく》が定まらなかったのか、ゴウキが恐る恐る尋ねる。

「喩《たと》えるなら友人とか、仲間とか、家族とか……そういう人達に近い相手として、対等な関係でお付き合いできたら嬉《うれ》しいなと思っています。だから、私はゴウキさん達に対して指示も命令もしません。もちろんカラスキ王国に戻りたくなった時はいつでも戻っていただいて構いませんし、一時的に別行動をしたければ自由に別行動していただいても大丈夫です。そういう関係……でしょうか？」

リオがより詳細《しょうさい》に自分の意向を言語化すると――、

「な、なんと……、家臣ではなく、家族として我らのことを」

ゴウキはきゅっと口を結び、ぶるぶると身体《からだ》を震《ふる》わせた。

「家臣にはできないけど一緒になんて、ゴウキさんが望んでいた返事ではないのかもしれませんが……、それでいかがでしょうか？　どうしても家臣をと考えているのであれば、もちろん断っていただいて構いません」

「こ、断ろうはずがございませぬ！　某らのことを深く考えてくださった上でのお取り計らい、恐悦至極《きょうえつしごく》の極《きわ》みにございます」

リオは断っても構わないと言ったが、ゴウキは力強く首を左右に振って、平身低頭するように頭を下げる。

「そう、ですか。では、そういうことで……、よろしいのでしょうか？」

「え、ええ！　ええ、もちろんですとも！」

こくこくと、勢いよく何度も首を縦に振るゴウキ。その傍《かたわ》らで深々とこうべを垂れる妻のカヨコや従者達。

「良かった……。実は今度、カラスキ王国にも顔を出そうと思っているんです。ここまで足を運んでいただいたのに出戻《でもど》りみたいになってしまいますが、一緒に報告へいきませんか？　残られた皆さんもゴウキさん達《たち》がどうなったのか不安でしょうし」

リオは肩《かた》の荷が下りたのか、安堵《あんど》を含んだ嘆声《たんせい》を漏《も》らす。そして、近々足を運ぶ予定だったヤグモ地方への旅にゴウキを誘う。

「なんと、なんと、ありがたき幸せ……！　喜んでお供いたします！」

ゴウキは大げさなほどに頭を繰《く》り返《かえ》し下げ、喜びを表明した。すると――、

「話はまとまったみてえだな。となれば改めて乾杯といこうや！」

近くで様子を見守っていたのか、グラスを手にしたドミニクがタイミングを見計らったように割り込んでくる。

「ですね。じゃあ、今後の我々に」

リオはくすっとおかしそうに口角を緩《ゆる》めると、ゴウキとアイコンタクトをしてから手にしていたグラスを軽く掲げる。その数瞬《すうしゅん》後――、

「乾杯！」

ドミニクが先導し、食堂の中に賑《にぎ》やかな声が響き渡《わた》ったのだった。

◇　◇　◇

小一時間後。

宴会場《えんかいじょう》の食堂で。

宴《うたげ》は進み、盛り上がり……。

酒が進んでだいぶ酔《よ》いの回った者が増えていく一方で、適度にペースを守っているおかげでまださほど酔っていない者や、なかなか酒の進んでいない者もいた。中にはまだ幼いためお酒は呑めずジュースなどを口にしている者もいるのだが、なかなか酒の進んでいない者の代表例がサヨだった。人見知りな性格をしていて勇気を出せないのか、見知らぬ者が多い席で積極的に初対面の相手に語りかけることができずにいるのだ。

結果、サヨはゴウキの従者達とばかり話をするようになるのだが、ゴウキ達の従者が里の者達と話をしている時はスッと後ろに引いていく。時折、リオや美春達と接近することもあるのだが、緊張して萎縮《いしゅく》しているのか、会話が発生する距離《きょり》になる前に身を引いてリオ達とも絶妙《ぜつみょう》な距離を保ち続けていた。

それで自然と兄のシンとだけ常に一緒にいるようになるのだが、シンはシンで人付き合いがあまり得意でない性格をしているので、ぶっきらぼうな兄と人見知りな妹がくっつくことで見事な悪循環《あくじゅんかん》を生み出している。ただ、シンはサヨがリオになかなか話しかけようとしないことに思うところがあるのか、不服そうな顔で酒を口にしていた。

その一方で、持ち前のコミュニケーション能力の高さで、すっかりラティーファや美春達とも親しくなっていたコモモ。お馴染《なじ》みの面々に溶け込み見事にリオの傍のポジションを獲得《かくとく》しており、久々に帰ってきたリオを歓迎しようと声をかけてくる里の者達とも加速度的に親しくなっていた。ただ――、

「リオ様、リオ様」

コモモがちょんちょんっと、リオの袖《そで》を掴《つか》む。

「何ですか、コモモちゃん」

「サヨとも話をしてはいただけませんか？　あの子もリオ様とお会いするのをとても楽しみにしているので。それに……」

と、言って、コモモは周囲にいる美春、ラティーファ、セリア、サラ達の顔を見る。サヨのことは美春達も気になっているのか話したそうにしているが、リオに話しかけてくる者がひっきりなしで現れていることに加え、何となく話しかけにくい雰囲気も発生してしまっているせいで、現時点ではまだ両者の接触《せっしょく》は発生していない。それに気づいたコモモが気を利かせたというわけである。

「何度か声をかけようとは思ったんですが、ちょっと避けられているような。……いえ、私も避けているのかもしれませんね。わかりました」

リオもサヨから距離を置かれていることを察していたが、それは自分もだと、思いきって動き出すことを決めて歩きだした。

「っ……」

近づきこそしなかったが、常に窺《うかが》うような視線を向けていたサヨが、リオから歩み寄ってくることにすぐ気づく。当初はまさか自分に声をかけるために歩きだしたとは思わなかったみたいだが、まっすぐ接近してくることを悟《さと》ると左右を見てあたふたし始める。やがて互いの声が明瞭《めいりょう》に届く距離に至り――、

「シンさん、サヨさん、こんばんは」

「……よお」

シンは軽くグラスを持った左手を上げて、素《そ》っ気《け》なくリオに応じた。すると――、

「少しお話を……」

「よ、よお、じゃないよ、お兄ちゃん！　リオ様は王族なんだから、そんな失礼な……」

リオとサヨの言葉が重なった結果、リオの声がかき消される。

「……そのリオ様の言葉を遮《さえぎ》るのは失礼じゃないのかよ？」

シンがからかうようにニヤけて指摘《してき》した。

「す、すみません！　リオ様！」

サヨはまごついて謝《あやま》る。

そんな二人のやりとりを見て、おかしそうに口許《くちもと》をほころばせるリオ。

「いいんです。村にいた頃と同じように接してもらえると嬉しいです」

「お前は小心すぎるんだよ。こいつもそう言っているじゃねえか」

「お、お兄ちゃん！　だからこいつとか、そういう言葉《ことば》遣《づか》いはダメだってば」

サヨはリオや背後にいる美春達の目線を気にしながらシンを注意する。

「お二人が相変わらず仲が良さそうで安心しました」

リオは嬉しそうに眉《まゆ》を開く。自分達がまだよく知らない相手と親しげに話しているリオの姿を見て、美春やセリア、ラティーファ達が興味深そうに耳を傾《かたむ》けていた。すると、少女達に囲まれたリオの姿を見て――、

「……お前も相変わらず女を侍《はべ》らせているみたいだな。村にいた頃は何人もの女を泣かせていたが……」

シンがじろりとリオを睨《にら》んでから、少しムッとした顔で悪態をつく。

「え？」

と、少女達の声が重なる。リオが女性を泣かせていたとはどういうことなのかと、聞き耳を立てつつリオの背中に視線を集中させる。

「ご、誤解を招く表現は止《や》めましょう」

リオは背後からの視線を感じて冷《ひ》や汗《あせ》を流す。

「そ、そうだよ！　お兄ちゃん！　リオ様は女の子を泣かせていないよ！　むしろみんな喜んでいたよ！」

「その表現もなんだか問題があるような……」

ムッとして反論するサヨの言葉に、小声でツッコミを入れるリオ。すると――、

「はっ、少なくともお前は大泣きしていたじゃねえか。村を出て行くこいつに振られた後にな」

シンがさらに特大の爆弾《ばくだん》を放《ほう》り投《な》げた。

――村の女の子達がみんな、喜んでいた？

――え？　サヨさんを泣かせたの？

――つまりは、サヨさんが告白したということ？

――え？　聞いていませんよ？

などと、リオの背中に向ける少女達の視線がさらに強まる。宴が始まる前にラティーファが主導してサヨとの関係を追及《ついきゅう》したが、リオはサヨのプライバシーを盾《たて》についぞ口を割ることはしなかったのだ。

「っ⁉」

サヨは顔から火が出てしまうのではと思わせるほどに赤面している。

「…………」

リオは薄氷《はくひょう》の上に立たされたような気分を味わっているのか、実に肩身《かたみ》が狭《せま》そうに硬直《こうちょく》して、取《と》り繕《つくろ》うように笑《え》みを貼《は》りつけていた。

「ふん」

美春達の前でなんとも具合の悪そうなリオを見て何か溜飲《りゅういん》を下げたのか、シンが満足そうに鼻を鳴らす。

「お、お兄ちゃん！　何言ってるのよ⁉」

サヨはハッと我に返ったのか、シンに詰《つ》め寄《よ》る。

「事実だろ」

「だ、だからってリオ様がいる前で言わなくても！　あ、その、リオ様が村から出て行く時に私から告白したんですけど、見事に振られてしまって……。だ、だから、その、し、心配しないでください！　私なんかがとても恐《おお》れ多いことをしてしまって！　し、失礼いたしました！」

サヨは美春達に遠慮しているのか、あるいは強く意識しているのか、自らの口ですべて自白してからリオに謝罪した。

「べ、別にサヨさんが謝る理由は何もないですよ？」

「……え、ええ」

リオが慌てて呼びかけ、セリア達も遅《おく》れてぎこちなく同意する。なかなかの衝撃《しょうげき》展開の連続に頭の処理が追いついていないのだろう。

当の本人であるサヨが認めたのだし、リオも否定していないから、シンが口にした通りの事実が起きたのは明白である。だが、まだまだ当時の背景までは明らかにはなっていない。ゆえに、困惑して事の成り行きを見守っていた。

「そうだ。謝るのはこいつの方だろう」

シンはグラスの酒をグビッと呷《あお》って囃《はや》したてる。さほど顔は赤くないがなかなか酒が回っているのかもしれない。

「お兄ちゃん、酔っているでしょう！　それ何杯目《なんばい》⁉」

「いちいち数えてねえよ。それよりもこいつの話だ。俺《おれ》はこいつに言ってやりてえことがあるんだ」

「リオ様、本当に申し訳ございません！　お兄ちゃん、すごく酔っているみたいで！　すぐ退室させます！」

サヨは狼狽《ろうばい》して平謝《ひらあやま》りしながら、リオに迫《せま》るシンの腕《うで》を引っ張って引《ひ》き離《はな》そうとする。

「うるせえ。いいか、こいつは村を出る時、お前を連れて行けねえって言ったんだろ。要するにお前という重荷を抱《かか》えるのを避《さ》けたってことだ。なのに、今は他の女をぞろぞろと引き連れていやがる。つまりはなんだ？　お前に魅力《みりょく》がないから連れていかなかったのかよ？　ああん？」

そう語って、シンは不服そうにリオを見つめた。その顔つきは苛立《いらだ》っているというよりは不貞腐《ふてくさ》れて拗《す》ねているように見える。

（そんなことが……）

あったのかと、美春は話を聞きながら、じっとサヨのことを見ていた。

すると、近くで話を聞いていたのか——、

「これ、シン。それは違うで……」

違うであろうと、ゴウキが近づいてきて注意しようとする。だが、リオは無言のまま軽く手を上げてゴウキを制止した。

「……あの時、サヨさんの同行をお断りしたのは、そのお気持ちにお応えできなかったからです。それに、あの頃の俺は復讐を考えて旅に出ようとしていた。なのに一緒に来ても構わないとは言えなかったんです。まさしくシンさんが言った通りですね。重荷を背負うのを嫌《きら》っていたんだと思います。それは旅に出た後でも同じでした。けど……」

リオはバツが悪そうな顔でそこまで語ると、周りに立つ美春やセリア、ラティーファ達に視線を向ける。そして――、

「恥ずかしい話、色々とありまして。よかったら話しませんか？　何があったのかをお話ししたいですし、二人に何があったのかも知りたいので」

二人の表情を恐る恐る覗《のぞ》き込むように、そう問いかけた。

「…………」

リオが理性的に振る舞《ま》うからか、あるいは薄々《うすうす》とリオがこうして振る舞ってくることも予想はしていたのか、シンは感情にまかせてそれ以上の悪態をつくことはせず、なんともきまりが悪そうに押《お》し黙る。

「……シンさんが怒《おこ》るのは当然ですよね。可愛い妹を蔑《ないがし》ろにされて……。俺にも妹がいるので想像はつきます」

と、リオはラティーファに視線を向けて、申し訳なさそうに語った。続けてサヨにも視線を向ける。サヨは気まずそうにリオや美春達から視線を外し、シンを見ていて――、

「……別に怒ってねえよ。正直、これでこの期《ご》に及《およ》んでサヨを突《つ》き返すようなら一発殴《なぐ》ってやりたいと思っていただろうがな」

シンはサヨと目が合うと、仲良くなりたくても素直《すなお》になれない子供のように顔をしかめてぽつりと言う。本当はリオが特に悪いことをしたわけではないということを理解してはいるのだろう。

村を出るにあたって、シンとサヨもリオの素性《すじょう》や境遇《きょうぐう》はゴウキから聞かされた。だからリオの事情は理解しているつもりだ。

村にいた頃、シンはリオがどこか遠いところにいる存在に思えて、リオから妙《みょう》に人を遠ざけるような距離感を覚えてそれがいけすかなくて、正直気にくわなかった。だが、事情を知った後はそういう在り方が自然だったのだろうと、リオのことを理解できた気がして少し嬉しかった。

たとえいけ好かなくても、リオのことは色々とあって村の一員だと認めてはいたから、涼《すず》しい顔をしつつも大変な過去を背負っているのだと知ることができてよかった。サヨを置いていったのも当然だろうと思う。仮にそれでも付いてきても構わないなどと言っていたら、責任を取るつもりはあるのかと憤慨《ふんがい》していたはずだ。

だが、人と深く関《かか》わるのを嫌うようにサヨを振って村を出たリオが、サヨ以外の少女達と親しくしている姿を見て……。

シンは兄として、どうしても一言リオに言ってやりたい気分に駆《か》られてしまった。だから、悪態をつかずにはいられなかった。けど、リオから近づいてきて来てくれて、話をしたいと言ってくれて……。

本当はすごく嬉しくもあった。本当は王族であるリオと再会した時にどうやって話せばいいのかずっと悩《なや》んでいただけに、村にいた頃と同じように接してほしいと言ってくれて本当に嬉しかった。なのに、素直になれなくて、シンは拗ねたような顔でいる。

「じゃあ、話をしてくれますか？」

リオはそんなシンを、少し照れくさそうに誘う。

「……ああ」

シンも照れているのか、伏《ふ》し目《め》がちにこくりと首肯《しゅこう》する。と――、

「はい！　なら妙案《みょうあん》があります！」

ラティーファが元気よく手を挙げた。ムードメーカーのラティーファがこういうタイミングでこうやって発言したものだから――、

「どうしたの、ラティーファちゃん？」

何か楽しいことが起こる予感がしたのか、美春が期待で声を弾ませて尋ねた。

「何があったのか、事情はよくわかりました。お兄ちゃんってばあまり多くを語ってくれないから、サヨさんも不安だよね。というわけで、今夜はサヨさんもコモモちゃんと一緒

にうちに泊《と》まりにおいでよ！　それでみんなで沢山《たくさん》お話しして女子会をしよう！　で、お兄ちゃんとシンさんは男子会！」

「ははは、なんだなんだ。面白《おもしろ》そうじゃねえか。その野郎《やろう》呑《の》み、俺も交ぜろよ」

「ほほう、ならば某《それがし》も参加してよろしいでしょうか？」

ラティーファが女子会と男子会の提案をすると、ドミニクとゴウキがすかさず男子会への出席を願い出る。

「面白そうですね」

「まあ、いいんじゃねえのか」

リオとシンも乗り気だ。

「それにしてもシン。あれほどリオ様にお会いする時は言動に気をつけるようにと注意していたというのに、まったく……」

ゴウキが呆《あき》れのこもった目でシンを見る。だが、当のリオの意向もあるので、咎《とが》めているという感じではない。

「い、いいじゃないですか。本人がそうしてくれって言っているんだし」

シンがギクリと身体を震わせて、気まずそうに弁明する。

「それでも最初くらいは敬意を示すなり、遠慮《えんりょ》するのが道理だ、たわけ」

「ま、まあまあ」

慌てて取りなすリオ。

こうして、賑やかな夜はまだまだ続いていく。

◇◇◇

そして更《さら》に小一時間が経《た》った頃には、会場はさらに良い感じに出来上がっていた。ペースを保って酒を飲んでいた者達や、あまり酒が進んでいなかった極《ごく》一部の者も互《たが》いに打ち解けていて、良い感じに盛り上がっている。

宴の後にはまだ男子会と女子会が控《ひか》えているが、だからといって宴の間に交流を深める必要がないというわけではない。よって、食堂の一角では、これから生活を共にしていくことになる岩の家の面々と、従者を含むヤグモ組の面々とで固まって集団で杯《さかずき》を交えていた。そこに最長老達なども交じっている。

シンはすっかり酔っているのか、顔を赤くして楽しそうにリオに絡《から》んでいるし、サヨも最初の頃のように露骨《ろこつ》にギクシャクはしていない。多少はリラックスしたのか、だいぶ自然体でお酒を口にしていた。

ただ、ちょうど手にしていた杯が空になったからか、サヨはそっと立ち上がって席を外そうとした。誰かしらがちょくちょく立ち上がって食べ物やら飲み物やらを補充《ほじゅう》しているので特に目立った行動というわけでもない。のだが――、

「おい、サヨ。どこに行くんだよ？　まだこいつにいってやりたいことがあるんじゃないのか？」

シンは席を外そうとするサヨを発見すると、リオの肩に腕を回しながら呼び止めた。

「お、お兄ちゃん……！　飲み物をとってきながら、ちょっと風に当たってくるの」

すみません、リオ様――と言わんばかりに、サヨはぺこぺこと頭を下げながら立ち去っていく。すると――、

「……私もちょっと飲み物をとってくるね」

美春がサヨの背中を眺《なが》めた後、隣の席に座《すわ》るアイシアにそう言ってスッと立ち上がる。

そして、先に行ったサヨの後を追いかけた。

「サヨさん」

と、美春は少し思いきったように息を呑《の》んでから声をかけた。

「ミ、ミハル様？　は、はい。何でしょうか？」

サヨは予期せぬ状況《じょうきょう》で予期せぬ相手から声をかけられたからか、やや緊張《きんちょう》気味に返事を

する。

「えっと、様はいらないですよ」

美春が困り顔で言う。

「そ、そういうわけにもいかないですよ」

サヨはあくまでも従者見習いとしてゴウキ達に同行しているのだ。そのゴウキ達が主君と定めているリオの友人は目上の相手に当たる。そう思っているのだろう。

「じゃあ、せめてさんづけにしてもらえればなと」

「ど……努力します」

「驚《おどろ》かせたのならごめんなさい。実はサヨさんとちょっとだけ二人でお話をしてみたいなと思いまして」

「私とですか？」

美春から声をかけられた理由を打ち明けられると、サヨはぱちぱちと目を瞬《まばた》く。

「なんというか、ハルトさんのことで、その……」

「す、すみません。いくらリオ様が王族だと知らなかったからといって、私なんかが自分の立場も弁《わきま》えないで」

サヨは何を思ったのか、美春に平謝りする。

「え、えーと、謝ることはないと思うよ？　謝られても困るというか……」

不必要に敬われ、畏《おそ》れられている気がして、美春が困惑《こんわく》したような顔になる。

「え、えっと、すみません……」

サヨはまたしても謝ってしまう。すると——、

「ふ、ふふ」

美春がおかしそうに笑みをこぼした。

「ど、どうかしましたか？」

「えっと、私とサヨさんってなんか似ているなと思ったといいますか……」

「私と、ミハル様が……？」

サヨはきょとんと首を傾《かし》げる。美春は実にお淑《しと》やかに見えるし、村生まれの自分なんかと違って育ちの良さを感じさせるし、何よりとても可愛《かわい》い。自分なんかとは似ても似つかないとでも思っているような顔だ。

「はい、ハルトさんが村を出て行く時にサヨさんが気持ちを伝えたって話を聞いて……」

「そう、なんですか？」

それだけでは似ている理由がまったくわからないのか、やはり疑問符《ぎもんふ》を浮《う》かべるサヨ。

「あの、実は……、私もハルトさんに気持ちを伝えたことがあって……」

と、美春はサヨに夜会の時に起きたことをカミングアウトする。

「そ、そうなんですか？」

「はい。それで私もハルトさんから距離を置かれそうになって……。似ているなと思ったんです」

「で、ですが、ミハル様はリオ様と一緒にいてもいいって言ってもらえたんですよね？」

「それはその、私の場合は、私の諦《あきら》めが悪かったというか……。あとはアイちゃんが色々と動いてくれて……」

当時はリオが天川《あまかわ》春人が生まれ変わった人物なのだと知って、いてもたってもいられなくなったのだ。それで気持ちを抑《おさ》えきれず、押せ押せで押し通《とお》してしまった。今振《ふ》り返ってみると本当に恥ずかしくなってきて、美春の顔はどんどん赤くなってしまう。無論、後《こう》悔《かい》など微《み》塵《じん》もしていないが……。

「けど、アイちゃんが動いてくれなかったらきっと私もサヨさんと同じように突き放《はな》されていたと思うんです。それだけハルトさんの意志は固かったから……。ハルトさんがこの世界で背負ってきたものもあるんだって、そのことを知ってしまったから……」

リオであることを放棄《ほうき》して天川春人として生きることなどできない。だから復讐を諦めることもできないのだと、リオはかつて美春にそう言った。

リオにはリオとして築き上げてきた人間関係や人生があるのだ。それを否定することなどできはしない。そして、リオがリオとして育つことで得たモノがどれだけの重みを持っているのかを知ってしまった以上、美春としてもリオに天川春人であることを要求することはできない。要求するつもりもない。

ただ、それでもリオのことが好きなのだ。ハルトのことが好きなのだ。それが答えだと見いだしたからこそ、美春はリオと一緒にいたいと思いを伝えることができた。美春は今こうしてサヨと話をすることで、そのことを改めて思い出していた。そして、もしかしたらこの旅はリオのルーツを辿《たど》るようなものになるのかもしれない。リオがリオとして関係を構築してきたサヨ達と出会ったことで、美春はそんな予感を抱《いだ》いてもいた。

「そう、だったんですね……」

サヨはなんというか感情移入するような眼差《まなざ》しを美春に向ける。それは美春も同じだったのだ。サヨの話を聞いて、美春はサヨに対してなんとも言えぬシンパシーを感じてしまった。かつて同じように気持ちを伝え、突き放されそうになってしまった者として、サヨに声をかけずにはいられなかった。そうして、しばし二人だけが共有する空気感が形成されて、沈黙《ちんもく》が降りることになる。

「えっと、だからどうして突然《とつぜん》こんなことを言い始めたのかというと、サヨさんと色々とお話をしてみたかったからで……」

美春は何か言葉を続けないとと思ったのか、少ししどろもどろに語り――、

「お友達として接してくれると嬉しいです」

と、最後は気恥《きは》ずかしそうにはにかんで、サヨに言った。

「私なんかでよければ、その……」

サヨはこくこくと首を縦に振る。

「じゃあ、よろしくお願いします、っていうのも変かな。よろしくね、サヨちゃん」

「は、はい。ミハルさ……、ミハルさん」

ミハル様と言いかけたサヨだったが、思いきったようにさん付けで呼んだ。

すると――、

「あー、二人だけでずるいよ！　親密な空気を作っちゃってる！」

同じく飲み物を取りに来たのか、ラティーファが美春とサヨに駆け寄ってくる。

「様付けは止めてお友達みたいに接してくれると嬉しいなって言っていたんだけど、あとはハルトさんのことも少し。後でラティーファちゃんにも教えてあげるね」

ふふっと、嬉しそうに語る美春だった。

【間章】 支配者と聖女の対談

場所はプロキシア帝国城《ていこくじょう》。

かつてリオがルシウスの手がかりを探《さぐ》るために城へ潜入《せんにゅう》した折、ニドルと剣《けん》を交えることになった闘技場《とうぎじょう》で。

ハルバードを手にした小柄《こがら》な少年と、痩《や》せぎすの男の姿があった。少年はこの世界に召喚《しょうかん》されて少し前まで冒険者《ぼうけんしゃ》として活躍《かつやく》していた菊地蓮司《きくちれんじ》。痩せぎすの男はプロキシア帝国の大使としての顔も持つレイスである。

蓮司は神装のハルバードを手にしながら、闘技場のフィールドを縦横無尽《じゅうおうむじん》に駆け回《まわ》っていた。というのも――、

「ふっ！」

現在、蓮司は戦闘《せんとう》訓練のまっただ中である。レイスは観客席の見晴らしが良い位置に陣《じん》取《ど》りながら無数の光球を展開していて、遠隔《えんかく》操作で蓮司めがけて射出を続けている。

「はあああっ！」

蓮司は四方八方から飛び込んでくる光球の包囲網《ほういもう》を駆け抜《ぬ》けながら、時にハルバードを振るって接近してくる光球を薙《な》ぎ払《はら》っていた。

（……ふむ。だいぶ動けるようになってきましたね。状況判断も的確になってきました）

と、レイスは光球の雨を操《あやつ》りながら蓮司の成長を評価する。と――、

「ヴォルフ様」

レイスのもとへと一人の騎士《きし》が駆け寄ってきた。なかなか慌《あわ》てているらしく、軽く息を切らしている。ちなみに、ヴォルフというのはプロキシア帝国の大使として活動する際に名乗っているレイスの家名だ。

「何でしょう？」

「皇帝《こうてい》陛下がお呼びです。謁見《えっけん》の間まですぐに足をお運びください」

「謁見の間ですか……」

口許に手を当て、思案顔になるレイス。

（そういった予定は聞いていませんが、どなたか突然の来客ですかね。しかも、およそ政務に興味がない彼《かれ》がわざわざ対談するとなると……、よほどの重客か、珍客《ちんきゃく》の類《たぐ》い）

レイスは瞬時《しゅんじ》にそこまで推測し、口許に笑みを浮かべる。そして、おそらくニドルはその人物との対談にレイスを立ち会わせたがっている。

「わかりました。すぐに参りましょう。後は自主訓練だと、レンジさんに伝えておいてください」

レイスはそう言い残すと、展開させていた無数の光球を全《すべ》て消滅《しょうめつ》させてその場から立ち去っていく。

（……なんだ？　今日の訓練はもう終わりか？　せっかく身体《からだ》が温まってきたのにな）

蓮司は急に攻撃《こうげき》が止《や》んだことを不思議に思いながら、少し残念そうに立ち去るレイスの姿をフィールドから見上げていた。

◇　◇　◇

それから、十数分後。

レイスはプロキシア帝国城にある謁見の間に足を運んでいた。扉《とびら》から向かって最奥部《さいおうぶ》の壇上《だんじょう》に置かれた玉座には皇帝ニドル＝プロキシアが腰掛《こしか》けており、階段下の通路にいる来客を尊大に見据《みす》えている。

今、室内にいるのはこの二人とレイスだけだ。だが、レイスは来客の位置からは見えないように隠《かく》れており、見物を決め込んでいる。

（これはまたずいぶんな珍客が現れたものですねえ）

レイスは訪《おとず》れた客人を見据えながら、愉快《ゆかい》げに口許を歪《ゆが》めていた。来客は修道服のようなドレスを着た黒髪《くろかみ》の女性である。本来ならばニドルの許しがあるまで面《おもて》を上げることなど許されないのだが――、

「客人に椅子《いす》の一つも用意しないとは、ずいぶんと無作法な国なのですね。プロキシア帝国とやらは」

女性はニドルに対してこれといった敬意を示すこともせず、それどころか不快の念を強く込めた言葉を口にした。言葉遣いこそ丁寧《ていねい》だが、ずいぶんと挑発的《ちょうはつてき》である。慇懃無礼《いんぎんぶれい》とはこのことであった。

「ふはは、謁見の予約もせずに押しかけてきた無作法者が作法を語るとは片腹痛い」

ニドルは女性の挑発的な態度や物言いなど気にした様子もなく、上機嫌《じょうきげん》に笑って流してしまう。

（楽しんでいますね）

それなりに付き合いの長いレイスがニドルの心境を読み取る。普段《ふだん》は城の中に引きこもっていて退屈《たいくつ》を嘆《なげ》いているニドルだが、いきなり押しかけてきた好戦的な相手との会話は最高の娯楽《ごらく》なのだろう。

「いきなり押しかけてきた見ず知らずの相手と会うのだから、プロキシア帝国の皇帝はなんと懐《ふところ》の深い方なのだろうと期待したのですが……。なんてことはない。相手と対等な目の高さで向かい合う度量もない小物でしたか」

女性はさも嘆かわしそうに語って、殊更《ことさら》にニドルを挑発しようとした。

「まったく知らぬ相手というわけでもないがな。貴様がくだんの聖女なのだろう？」

ニドルは皇帝の余裕《よゆう》を感じさせる笑みをたたえ、女性の挑発には乗らずに素性を言い当てる。そう、女性は聖女エリカと呼ばれる人物であった。

「あら、私のことをご存じなのですか？」

エリカは意外そうに目を見開く。

「どこぞの辺境にある我《わ》が帝国の属国を滅《ほろ》ぼして新たに国を興《おこ》したと聞いている」

「ずいぶんとお耳が早いのですね」

「つまらぬ国際情勢の中で少しは面白そうな変化があったのでな。記憶《きおく》に残った。何が目的だ？　革命で滅ぼした国の宗主国《そうしゅこく》の君主へ会いに単身で出向いてくるとは、なかなかに酔狂《すいきょう》ではないか」

ニドルはくつくつと笑いを滲《にじ》ませながら用向きを尋《たず》ねる。

「私はただこの国の視察に来たついでに、国の支配者と対談しに来ただけです」

エリカは実に落《お》ち着《つ》き払った口調で、堂々と回答した。

「視察とな。いったい何のだ？」

「この国の民《たみ》の暮らしぶりがどのようなものなのか、この国の支配者である貴方《あなた》が民を虐《しいた》げていないのかどうかについての視察です」

「くっ、くははははっははは」

「何がおかしいのでしょうか？」

「いきなり押しかけてきた聖女を語る胡散臭《うさんくさ》い女が、皇帝本人を相手に民を虐げていないか見極《みきわ》めに来たなどと上から抜かしているのだ。笑わぬ方がおかしかろう。およそ正気な者の行う所業には思えん。が……」

ニドルは笑いを潜《ひそ》めてじっとエリカを見据える。

「私はいたって正気ですが？」

エリカはさも不思議そうに首を傾げてみせた。

「……まあよかろう。それで、聖女の目から見てこの国はどう映ったのだ？」

「私が見ているのは国ではなく、そこに暮らす人々です。つまりは民と支配者です」

「余にはどちらも同じにしか思えぬがな。それで？」

「単刀直入に命じましょう。今すぐに皇位を放棄し、国を民に譲《ゆず》り渡《わた》しなさい。それが民の救済へと繋《つな》がります」

玉座にふんぞり返るニドルに向かって、エリカが冷ややかな目線を向ける。

「支配者を引きずり下ろすことが民の救済に繋がるとは到底《とうてい》思えぬがな。もし断ると言ったら？」

「誅伐《ちゅうばつ》します」

と、エリカは何の躊躇《ためら》いもなく言いきる。

「ほう、ならば今ここでやってみるか？」

望むところだと、ニドルは好戦的に口許を歪める。謁見の間でも肌身《はだみ》離《はな》さず持ち歩いている大剣の柄《つか》をギュッと握《にぎ》り締《し》める。と――、

「いいえ、今はまだその時ではありません。民の意思なき革命など、救済にはなりえませんからね。この国の民は学ばねばなりません」

エリカは平然とかぶりを振った。

「その時ではない、だと？　国の最奥部にまで足を運んで面と向かって宣戦布告をしておいて、余がそれを良しとするとでも思うか？」

ニドルは今にでも立ち上がって斬《き》りかからんばかりに、座りながら剣を抜くそぶりを見せて凄《すご》んだ。が――、

「であれば、ぜひもありませんね」

エリカは臆《おく》さない。どこからともなく美しい錫杖《しゃくじょう》のようなメイスが現れ、それを握り締《し》める。ニドルのことなどなんとも思っていないといわんばかりに……、いや、眼中にすらないかのように、ただただ無感動に見つめ返して臨戦態勢に入った。

両者、一触即発《いっしょくそくはつ》の雰囲気《ふんいき》になるが――、

「……分不相応な力を手にしてただ気が触《ふ》れてしまっただけの女かとも思ったが、貴様、ただの道化《どうけ》ではないな。もっと質《たち》が悪い魔女《まじょ》の類いか」

ニドルは胡乱《うろん》げにエリカの顔を見据えてから、構えていた剣の柄から手を離した。そしてエリカを聖女ではなく魔女だと評する。と――、

「ふ、ふふ。くふふ、聖女を相手に魔女とは、ずいぶんな物言いですね」

エリカはここで初めて、ようやく人間らしい感情を覗かせた。実に愉快そうに口許を歪める。すると――、

「ほう、ずいぶんと好《い》い表情をする。清らかな聖女とは思えんぞ？」

ニドルも愉悦《ゆえつ》を覗かせて指摘した。

「おや、これは失礼」

エリカは口許に手を当て覆《おお》い隠し、聖女然とした笑みを貼り付《つ》け直す。

「ふん、やはり貴様は控え目に評しても魔女の類いだな」

「……貴方にそう映るのなら、貴方にとってはそうなのでしょう。自らの首を狙《ねら》う相手なのですから、無理もありません。貴方という傲慢《ごうまん》な皇帝に民を救済する聖女の在り方を理解できるはずもありません」

「民のことを考え、民を先導し、民を救済する。それが貴様の口にしている聖女像であることは理解できた」

「まあ、ご理解いただけて嬉《うれ》しいです」

「その実、民のことなどおよそ何も考えていなそうなこともな。上辺だけの聖女像だ」

「いったい何を仰《おつしや》っているのかよくわかりませんが……」

ニドルが見透《みす》かしたように指摘《してき》するが、エリカは不思議そうに首を傾げる。

「あくまでも気の触れた道化を演じ続けるか。よかろう。ならばせいぜいより多くの民の命を奪《うば》い合《あ》おうではないか」

「民の命を奪い合う、ですか。本当に、何のことを仰っているのかわかりませんね」

エリカは憶劫《おつくう》そうに溜息《ためいき》をついた。

「露骨にこちらを挑発しておいてよくほざく。戦を仕掛《しか》けてくるというのなら、相手になるぞと言っているのだ。戦となれば民が死ぬのは必定であろう。よもやそれがわからぬわ

けではあるまい。貴様も建国にあたり引き起こした革命でも数多くの命を奪ったのであろうからな」

「より多くの民を救うために必要だとはいえ、やるせないものです。ですが、戦となれば先頭に立つのは私です。民の犠牲《ぎせい》は最小限に抑えてみせましょう」

「大した自信であるな。となれば、もはや語り合うこともあるまい。疾《と》く失《う》せるがよい」

「おや、このまま帰していただけるのですか？」

「このまま残りたいのか？」

エリカが不思議そうに尋ねると、ニドルも同様に訝《いぶか》しんで尋ね返す。

「……いいえ」

「であれば、失せよ。この部屋を出て、大人しく城門から出て行くと好い」

次に見えることがあるとすれば戦場だと、ニドルは言外に告げる。

「では、失礼します」

エリカは踵《きびす》を返し、開け放たれている謁見の間から退室していく。そうして、広い室内に残されたのがニドルとレイスだけになると――、

「……彼女《かのじょ》が勇者で間違《まちが》いありませんね。途中《とちゅう》で顕出させたあの錫杖が神装でしょう」

レイスが姿を現し、ニドルに語りかけた。

「あからさまにこちらを挑発し、あわよくば騒《さわ》ぎになっても構わないという立《た》ち振《ふ》る舞《ま》いであった。自らの力によほどの自信があると見えるが、それを踏《ふ》まえても破滅《はめつ》的《てき》な女だ。気が触れているようで、その実極めて冷静。厄介《やっかい》な女が勇者になったようだな」

と、語るニドルの口調は、言葉とは裏腹に痛快な風情《ふぜい》を感じさせる。

「……神装の力をどれほど引き出しているのか次第《しだい》ですが、いま派手に活動されてシュトラールの勢力図を書《か》き換《か》えられると黒の騎士よりもよほど厄介かもしれませんね。勇者はそう簡単には殺すに殺せませんし、なおさらに……」

レイスは実に悩ましそうに溜息を漏《も》らす。そして――、

「ルシウスを殺されて当面は彼に手出しも出来なくなりましたし、この機会に少し追跡《ついせき》して聖女の動向を探ってみるとしましょうか」

そう言って、聖女エリカが出て行った部屋の扉へと歩きだす。ニドルはその背中を黙《だま》って見送りながら――、

「民の救済などおよそ正気の沙汰《さた》ではないが、あの女はそれを理解した上で救済という言葉を口にしているように思えた。そしてあの好戦的な言動。果たして何が狙いで教団を立ち上げたのか……」

と、独《ひと》り言《ご》ちた。

◇　◇　◇

一方、聖女エリカは謁見の間を退室し、騎士《きし》数名に付き添《そ》われながらプロキシア帝国城の庭先へと歩を進めていた。

そうして門までたどり着くと――、

「ではこちらで」

騎士達《たち》は同行するのを止めて、エリカに門から出て行くよう促《うなが》す。

「どうも」

エリカは実に晴れやかに微笑《ほほえ》んで騎士達に礼を言うと、そのまま素直に門へと歩きだした。騎士や見張りの兵士に注目されながら、堂々と歩いて門をくぐる。それからしばらく歩いて帝国城が小さくなり始めた辺りで立ち止まると、振り返《かえ》ってそびえる城の全体像を視界に収めて、およそ温度を感じさせない冷めた顔になる。そして――、

（流石《さすが》は大国の皇帝。愚鈍《ぐどん》ではありませんね。次は少しやり方を変えてみてもいいかもしれません。問題はどこへ向かうかですが……）

ガルアーク、ベルトラム、セントステラと、エリカは脳内で候補となる国名を列挙して

いく。いずれも名の知れた大国ばかりである。

するとややあって――、

（そういえば……）

と、エリカは何か思い出したような顔になる。

（確かガルアークにはリッカ商会があるのでしたね。他国にも名を轟《とどろ》かせるほどに影響力《えいきょうりょく》のある商会なら、上手《うま》く利用できるかもしれません。国の王に会う前に立ち寄ってみるとしましょうか。そうと決まれば……）

エリカの脳裏《のうり》にリーゼロッテが設立したリッカ商会の存在が浮かぶ。こうして――、

（次の行き先はガルアーク王国で決まりですね。まずはリッカ商会の代表に面談を申し込んでみるとしましょうか。皆《みな》と合流するとしましょう）

エリカの次の目的地が決まる。その口許《くちもと》はニイッと歪んでいて、エリカは軽《かろ》やかな足取りでプロキシア帝国城を後にしたのだった。

【第四章】 新たな再会と、新たな逢瀬

リオ達《たち》がシュトラール地方を出て精霊《せいれい》の民の里へ到着《とうちゃく》してからおよそ二週間後。何日か里に滞在《たいざい》したリオ達だったが、すぐにヤグモ地方へと出発した。

同行者は美春《みはる》、セリア、アイシア、ラティーファ、サラ、オーフィア、アルマ。そしてゴウキ、カヨコ、コモモ、サヨ、シン、アオイである。

一度に輸送可能な人数制限の関係でゴウキ達の部下の大半には同行を控えてもらい里で待ってもらっているが、リオを含《ふく》め合計十四人の大所帯だ。

ちなみに、オーフィアの契約精霊《けいやくせいれい》であるエアリアルはある程度、身体の大きさを調整して実体化することができる。最大で体長十メートル近くまではサイズの変更《へんこう》が可能だが、魔力《まりょく》の消費は増えてしまうので、そこまで大きな姿になることはまずない。

移動にあたってはそこそこの大きさで実体化したエアリアルの背中に七人が乗り、自在に空を飛べるリオ、アイシア、オーフィアの三人が残りの四人を運ぶことになった。誰《だれ》が誰を運ぶのかでちょっとした問題が発生したりもしたが、ローテーションを組むことで事

なきを得る。移動自体は実に順調で、未開地ではよくある局地的な異常気象や怪物《かいぶつ》と鉢合《はちあ》わせることもなく、ヤグモ地方へとたどり着いた。そして、まずはリオの父ゼンが生まれ育った村へと向かう。

といっても、無数にある村の一つを狙って一発でたどり着くのは難しい。おおよその場所はわかっていたので、適当に見つけた村へと降り、ユバが治める村がどこにあるのか確かめることにした。見知らぬ者がいきなり大勢でぞろぞろと立ち入ると村人達を警戒《けいかい》させるので、ゴウキとカヨコが代表して村に入り聞き込みを行う。

結果、幸い一つ目の村でユバを知る村長がいて村の方角を教えてもらい、リオ達は目的地の上空付近へとたどり着いた。

「あの村ですね。間違いありません」

リオは該当《がいとう》するであろう村を発見すると、上空から見下ろしながら周囲を飛ぶ者達に呼びかけた。というのも――、

（父さんと母さんの墓がある）

丘《おか》の上にぽつりとたたずむ両親の墓を見つけたからである。他の者達からすれば名も記されていないただの石碑《せきひ》にしか見えないが、リオはそれが二人の墓だと見抜《みぬ》く。

「村の中に降りると驚かせちゃいますから、外に降りましょう」

リオはそう言うと、降下を開始する。すると、美春を抱きかかえたアイシアや、セリアを抱きかかえたオーフィアもそれに続く。遅《おく》れてエアリアルも高度を下げ始めた。

「どうぞ、降りてください」

と、リオが抱きかかえていた二人に呼びかける。

「はい！」

と、最初に元気よく返事をしたのはコモモだ。リオの両腕《りょううで》から解放されると、シュタッと音を立てて軽やかに地に足をつける。そして――、

「降りる前にお兄ちゃん成分を補充！」

ラティーファが背中からギュッとリオに抱きついてから、こちらも軽やかに地に足をつけた。そう、リオが抱きかかえていたのはコモモとラティーファだった。二人とも小柄だし一緒《いっしょ》にお話をしたいからと、一緒にリオに運んでもらっていたのだ。

「こらこら、苦しいよ」

リオがしょうがないなと優《やさ》しく訴《うった》える。

「前門のコモモちゃん、後門のラティーファでした。運んでくれてありがとうね、お兄ちゃん。お礼も兼《か》ねてぎゅう！」

「どういたしまして。疲《つか》れませんでしたか、コモモちゃん？」

「はい！　長旅の移動、誠《まこと》にありがとうございました、リオ様」

　コモモはリオと向かい合って、ぺこりと折り目正しくお辞儀《じぎ》する。美春やセリア達も地に足をつけていて、運んでもらった相手にお礼を言っていた。そして――、

「あの村がリオのお父様が生まれ育った村なのね……」

「のどかで素《す》敵《てき》な場所ですね。空気も綺《き》麗《れい》で落ち着きます」

　まずはセリアがオーフィアと一緒にリオへと近づいてきた。数百メートル先には畑があって、さらにその先にはユバの村が見える。セリアは興味深そうに田園風景を眺め、オーフィアは深く呼吸して田舎《いなか》の空気を楽しんでいた。

「お兄ちゃん、私達の村があるよ……」

　また戻《もど》ってこられるとは思っていなかったのか、サヨが自分の生まれ育った村を呆《ほう》け顔《がお》で兄のシンと並んで眺めている。

「行きはあんなに苦労したのに、戻ってくるのはあっという間だったな」

　それでも移動に一週間以上はかかったのだが、精霊の民の里まで移動するのにも何ヶ月も要したのだ。「とんでもねえな」と、シンは半ば呆《あき》れた顔でリオを見ていた。

「そろそろ行きましょうか」

「まずはユバ殿《どの》にご挨拶《あいさつ》ですな。さぞ驚かれますぞ」

リオとゴウキが先導して村へと向かう。

「お兄ちゃんのお婆《ばあ》ちゃんと従姉《いとこ》のお姉さんかあ。なんか緊張してきたかも」

「大丈夫《だいじょうぶ》。前にも言っただろ。二人にラティーファの話をした時に会ってみたいって言っていたって」

いよいよだと思ったのか、存外、人見知りなところもあるラティーファが、そわそわし始める。リオがそれを杞憂《きゆう》だと告げるが――、

「でも、ラティーファの気持ちもちょっとわかるわ」

「私もです」

セリアと美春も心臓の鼓動《こどう》を落ち着けるように、胸元《むなもと》を手で押《お》さえる。ユバとルリに会ったことがないサラ、オーフィア、アルマも似たような反応を見せていた。

「そんなに身構えられても、いたって普通《ふつう》の祖母と従姉だと思うんですが……。紹介《しょうかい》する俺《おれ》の方まで緊張しますね」

ちょっと困ったように苦笑《くしょう》するリオ。すると――、

「ユバ様もルリ姉様もとてもお優しい方ですから、何の心配もありませんよ。ラティーファちゃんのことはもちろん、皆さんのことも実の家族のように思ってくださるはずです」

コモモが問題ないと豪語《ごうご》する。コモモは以前にリオの家にお邪魔《じゃま》し、ユバとルリと一時

的に同居した経験があるので、二人のことはよく知っている。緊張した様子はなく、会うのが楽しみといった感じである。そして――、

「早く行こう」

アイシアが珍《めずら》しく一行を急《せ》かす。こちらも緊張した様子はないが、一同を促したのはユバとルリに会うのが楽しみなのかもしれない。そういった意味では完全にいつも通りというわけではないようだ。心なしかご機嫌《きげん》にも見える。

ともあれ、一行は街道《かいどう》を進み、いよいよ村の敷地《しきち》である農地へ足を踏み入《い》れる。時刻はまだお昼頃《ひるごろ》と明るい。ちょうどお昼時なのか、仕事道具が道ばたに放置されていた。おそらくは少し進んだ先にある広場にみんなで集まり食事をしているはずである。リオがいた頃《ころ》はそうしていた。

（懐《なつ》かしいな）

リオは軽い郷愁《きょうしゅう》の念に駆《か》られたのか、嬉しそうな顔で農地を見回しながら先へと進んでいく。すると、少女達はそんな様子を垣間見《かいまみ》て、リオがこの村に戻ってくるのを楽しみにしていたんだなと感じ取る。だからか、空気を読んで話しかけることはせず、リオが風景を楽しむ姿を見守っていた。

それから、一分もしないうちにリオ達は集落手前の広場へたどり着く。リオが予想した

通り、そこには村人達が集まってお昼ご飯の弁当を食べていた。その中にはルリの姿もあって、みんなであーだこーだと賑《にぎ》やかに話をしており、村人同士の仲が実に良好であることが窺《うかが》える。

一同、なかなか話に夢中になっていたが、リオ達大所帯が道から歩いてくると流石に存在に気づく者が現れた。大所帯の登場に最初は「誰だ？」とギョッとする村人達だが、その中にリオ、シン、サヨ、コモモにゴウキと、見知った顔がいることに気づいたのか、今度は先ほど以上にギョッとする。

だが、ややあって――、

「…………リオっ⁉　シンにサヨ！　コモモちゃんにゴウキ様まで⁉」

ルリが立ち上がり、真っ先に駆け寄《よ》ってきた。

「久しぶり」

リオは久々の従姉との再会が少し照れくさいのか、年相応の男の子みたいにはにかむ。

「ひ、久しぶり……。えっ、なんで？　なんで、なんで⁉」

ルリは予期せぬ再会に呆気《あっけ》にとられているのか、リオやサヨの顔を何度も往復して見比べていた。だが、しばらくして――、

「……そっか、リオに会えたんだねえ。良かった良かった」

ルリは心のつかえが取れたように、瞳《ひとみ》を潤《うる》ませながら愁眉《しゅうび》を開く。

「無事にね」

と、リオは軽く肩《かた》をすくめて頷《うなず》いた。すると――、

「うおおおおおおおっ！」

広場にいた村人達が声を揃《そろ》えて歓喜《かんき》した。

「久しぶりだなあ、お前ら！」

「よく帰ってきた！」

「なんだよ、驚《おどろ》かせやがって！」

「わー、リオ様だ！　お久しぶりです！」

「シン！　サヨ！」

一同は村の仲間であるリオ、サヨ、シンへと駆け寄っていく。そして、もみくちゃにするようにスキンシップを図《はか》って三人の帰還《きかん》を喜んだ。少し後ろに下がったところにいる美春やセリア達だが、その熱に押されて目を見開いている。

「わははは っ、リオ様は村の者達からも愛されておるのう」

歓迎《かんげい》されるリオを見て愉快そうに哄笑《こうしょう》するゴウキ。

「ちょ、ちょっとみんな！　嬉しいのはわかるけど、興奮しすぎ！　いったん離《はな》れて、離

れてー！　話を聞けないでしょ！」

ルリが慣れた様子で村人達を制止する。村の者達はひとしきりリオ達をもみくちゃにすると満足したのか、素直《すなお》に下がり始めた。

「まったく……。大丈夫、サヨ、リオ？」

ルリはやれやれと嘆息《たんそく》すると、もみくちゃにされたリオとサヨを気遣《きづか》った。

「おい、俺ももみくちゃにされたぞ」

俺の心配はしないのかよと、シンが自己申請《しんせい》する。

「シンはどう見ても無事でしょ。それに男の子なんだから」

「いや、リオも男だろうが。ってか、こいつの方が俺よりずっと強いからな⁉」

と、シンがリオを指さして訴える。かってはよく見られたやりとりが面白《おもしろ》かったのか、村人達がそんな二人のやりとりを見て愉快そうに大笑いし始める。

「よし、二人とも大丈夫《だいじょうぶ》そうだね」

ルリはシンのことはとりあえず放っておきつつ、リオとサヨの服の乱れを簡単に整えてやる。そして――、

「それじゃあ改めまして。お帰りなさい、リオ、サヨ、それとシンも」

と、三人の帰還を歓迎する。

「うん、ただいま」

「ただいま、ルリさん」

「……ああ」

などと、リオ達は少し照れた様子で返事をした。周りにいる村人達も「お帰り！」と声を投げかけていき、三人の帰還を祝福する。

「コモモちゃんにゴウキ様、カヨコ様もお久しぶりです。アオイさんも。お変わりないようで良かった」

「うむ。おかげ様でな。ルリ殿も息災そうで何よりだ。ユバ殿もお元気かな？」

「ええ、相変わらずです。あっ、ちょっと前にいらしたんですけど、ハヤテ様もお元気ですよ。ゴウキさんやコモモちゃんが帰ってきたと知ったら喜ぶと思います」

「ほほう、元気でやっているのなら何よりです」

息子《むすこ》の話を聞き、相好を崩《くず》すゴウキ。

「で、話は変わるんですけど……、そちらにいる皆さんは？」

ルリがいったん話を切って、リオの同行者である美春、セリア、アイシア、ラティーファ、サラ、オーフィア、アルマに視線を向ける。村の者達も皆気になっていたのか、いっせいに彼女達《かのじょたち》へと視線を向けた。

「…………」

美春達がぎこちない表情になり、息を呑《の》む。注目を浴びて緊張《きんちょう》しているようだ。

「ゴウキさんやサヨ達の知り合いではなさそうだし……、リオの知り合い？」

ルリが消去法で可能性を絞《しぼ》ったのか、リオを見て確認《かくにん》した。

「うん、まあ」

と、少し照れたように頷くリオ。

「へえ……」

ルリは美春達のことをじろりと見つめると——、

「ね、ねえ、リオ。ちょっと、ちょっと」

リオの腕《うで》を引っ張って、他の者に話が聞こえないように二人で背を向けた。そのまま背中に腕を回すと、身をかがめてひそひそ話をする体勢になる。

「何？」

「何じゃないわよ。誰なの？」

「えっと……、だから今言った通り俺の知り合いだけど？」

いきなりの内緒話《ないしょばなし》に戸惑《とまど》うリオ。

「そうじゃないわよ、もー！　リオの恋人《こいびと》が誰なのかに決まっているでしょ！」

ルリは焦《じ》れったくなったのか、語気を強めて尋ねた。

「こ、恋人⁉　い、いや……、その、なんていうか……」

言葉に詰《つ》まるリオ。自分にとってみんなはいったいどういう存在なのか、説明に困ったからだ。恋人ではない。だが、単なる友人だと言ってしまうのは味気ないように思えて頭を悩《なや》ませる。相手がルリであれば尚更《なおさら》だ。みんなのことはちゃんと紹介したかった。

仲間というのはだいぶしっくりくるので口にしかかったが、リオの中にはもう一つ、こう言えたらいいなと思う表現があった。だから――、

「家族……、が一番近いかな」

と、リオは自分とルリの様子を窺っているみんなを振《ふ》り返りながら、その言葉を恐《おそ》る恐る口にした。しかし――、

「ま、まさか全員とそういう関係なの⁉」

ルリが素《す》っ頓狂《とんきょう》な声を出して瞠目《どうもく》する。関係というのがどういう関係を意味しているのかは本人のみぞ知るところだが、どうやらよからぬ誤解を招いたらしい。

「え？　うん」

リオは不思議そうに頷く。

「う、うんって……」

絶句するルリだが、しばらくすると――、

「あ、あー！　もう！　あー！　もう！　ね、ねえ。それはちょっとどうかと思うよ、リオ。お姉さん、そういうのは感心しないな」

ひどく取り乱してから、リオに詰め寄った。

「い、いや、何か致命的《ちめいてき》に勘違《かんちが》いしていない？」

リオはここでようやくその可能性に思い至るが――、

「てか、みんなお姫様《ひめさま》みたいに可愛《かわい》いのはどういうこと？　リオって面食いだったの？　サヨはそれで納得《なっとく》しているの⁉」

ルリはよほどショックを受けているのか、勘違いした方向で話を膨《ふく》らませていく。

「ま、待って、ルリ！　やっぱり絶対に何か勘違いしている気がする！　ちゃんと紹介するから、落ち着いてって」

「か、勘違い？　何を勘違いしたっていうのよ？」

リオは慌ててルリの両肩《りょうかた》を掴《つか》み、その勘違いを正そうとした。そうやって普段よりもだいぶ砕《くだ》けた口調で話すリオを見て――、

「お兄ちゃん、ルリさんとすごく仲が良さそうだね」

と、ラティーファが物珍《ものめずら》しそうに言った。

「ええ。アイシアと貴方以外にも、あの子があんなふうに砕けて喋《しゃべ》る相手がいたのね。とっても楽しそう」

そう語るセリアは実に微笑ましそうだが、少しだけ寂《さび》しそうにも、羨《うらや》ましそうにも見える。自分達の知らないリオの姿を知ることができて嬉しい反面、それを知っている相手が自分ではなかったことが複雑なのだろう。普段はあまり見ることができないリオの表情を引き出している姿にも憧《あこが》れてしまう。

どうやらそれは他の面々も同様なようだった。皆、似たような面持《おもも》ちになっている。そしてそんな彼女達の表情を見て、村の面々はなんとなく今のリオを取り巻く人間関係を察してしまう。

男連中は歯を食いしばらんばかりの顔でリオを見つめ、続けてシンに視線を向けて事実確認のアイコンタクトを行った。シンがこくりと首を縦に振ると――、

「思い出したぜ、こいつが村にいた頃のことを……」

若い女子達はみんなリオに惚《ほ》れていたようなものだったと、村の若い男連中は辛酸《しんさん》をなめたかつての記憶を取《と》り戻す。そしてみんなで呪詛《じゅそ》を込めるようにリオを睨《にら》んだ。

「義理の妹がいるって、話したことがあったでしょ。恩師がいるって話も。他にも訳あって一緒に暮らし始めた人達がいて、ルリや村のみんなに紹介しようと思って帰省がてら連

れてきたんだけど……」

　リオが弁明し、セリアやラティーファを招き寄せようとそちらを見る。だが、村の男達から睨まれていることに気づくと、呼び寄せるのを躊躇《ためら》うように口を閉じた。

「え、そうなの？」

　ルリは嬉しそうにラティーファやセリア達を見る。だが、直後——、

「おい、リオ！」

「お前、こんな可愛い子達と同棲《どうせい》しているのかよ！」

「ふざけんな！」

「なんでいつもお前ばかり！」

「そうだ、ずるいぞ！　早く俺達《おれたち》に紹介しろ！」

　男達がリオに抗議《こうぎ》するべく詰め寄っていく。

「み、皆さんにも紹介するので、待って。待ってください！」

　リオが手で制止して男達を止めようとするが、止まるはずもなく……。

「いいぞお前ら、もっとやれ」

「みんなを煽《あお》らないよ、お兄ちゃん！」

　シンが友人の男達を囃《はや》したてると、サヨが慌《あわ》てて注意した。

「いいんだよ、これがアイツらなりのリオに対する歓迎《かんげい》なんだ」

と、シンはわかっているように語る。実際、リオに詰め寄っている男達の表情には悪戯《いたずら》めいた笑いが滲んでいて、単に悪ふざけしているだけなのが窺える。シンが言う通り、村の若い男達なりのリオに対する歓迎措置《そち》なのだろう。

「ル、ルリ、助けて……」

リオはもみくちゃにされてルリに助けを求めた。

「いやあ、こうなったらもう止められないかな。ごめん。私は先にみんなをお婆ちゃんのところまで案内しているからさ。落ち着いたらリオも来てね」

ルリもこの状況《じょうきょう》を楽しんでいるのか、愉快《ゆかい》そうに声を弾《はず》ませている。ぱちんと両手を合わせて、リオに頭を下げた。そして——、

「ねえ、みんな。私のお家に案内するからついてきて。ほら、行こ」

美春達がいる方へ自分から近づいていき、親しげに声をかけて移動を促す。

「えっと、ですが……」

このまま置いていっていいのかと、美春達は遠慮《えんりょ》がちにリオを見る。リオは村の男達に両肩を掴まれて揺《ゆ》さぶられ、渾身《こんしん》の取り調べを受けていた。

「いいの、いいの。村にいた頃はちょくちょくあったから。ほら、サヨも」

くすくすと笑いを堪《こら》えながら、ルリが美春達の背中を押す。

「ふんっ。俺達も行くぞ、サヨ」

シンも上機嫌《じょうきげん》に鼻を鳴らすと、サヨの背中を押す。

「……ふうむ。あ奴《やつ》らなりの歓迎を止めさせるのは無粋《ぶすい》であるか。ぜひもなし。某《それがし》らも参るとしよう」

リオならばあの程度の包囲網《ほういもう》をするりと抜《ぬ》け出《だ》すことは容易《たやす》い。にもかかわらずそれをしないということは、リオ自身、満更《まんざら》でもないのだろう。そう考え、ゴウキも妻のカヨコと従者のアオイを引き連れてルリ達の後を追う。

それから、リオが男達から解放されたのは、美春達の姿が完全に見えなくなった後のことだった。

◇　◇　◇

その後、美春達はルリに案内されて、村長であるユバの家を訪《おとず》れていた。ちょうど家にたどり着く辺りで解放されたリオが追いつき、一緒に家の中へと入る。

予期せぬ来客に驚いたのはユバも同様であった。最初はその大所帯に驚き、その中にリオヤゴウキにシン達の姿があることに気づき、連続して驚く。

が、すぐに落ち着きを取り戻すと、リオやゴウキ達と再会の挨拶を交《か》わし、村に来てから何が起きたのかを簡単に聞く。

「あはは、それは災難だったね」

ユバはリオが村の男達からもみくちゃにされた話を聞くと、呵々《かか》と声を上げて笑った。

「わあ、お婆ちゃん機嫌良いなあ」

リオが帰ってきてくれたからだと、ルリがそっと呟《つぶや》く。

「それにしても……、またずいぶんと大勢連れてきたもんだねえ」

ユバはリオが連れてきた少女達の顔を見回し、感心して唸《うな》るように言う。それぞれ緊張しているのか、美春達は畏《かしこ》まって正座していた。

「しかも別嬪《べっぴん》揃《ぞろ》いときた。こりゃあ村の若い男連中が騒ぐのも無理はないよ」

「ね、私も驚いちゃったよ」

くつくつと笑いを滲《にじ》ませるユバと、うんうんと同意するルリ。

「で、早く紹介しておくれよ」

ユバがリオに同行者達の紹介を促す。

「じゃあ、村にいた頃に話をしたことがあった二人から。恩師のセリアと、義理の妹のラティーファです」

リオは手で指し示しながら、二人の名を呼ぶ。

「ほほう」

「ラティーファの隣《となり》にいる三人が右から順にサラさん、オーフィアさん、アルマさん。三人とも同じ里の出身で、日頃《ひごろ》から色々と助けてもらっています」

続けて里の三人を紹介し――、

「それと、色々とあって一緒に暮らしている美春さんとアイシア。七人とも、俺にとっては家族みたいに大切な人達です」

最後に美春とアイシアのことを紹介すると、面映《おもは》ゆそうに頬《ほお》を掻《か》いて彼女達と自分の関係性について言及《げんきゅう》した。

「……つまりは、結婚《けっこん》を前提にしたお付き合いをしているってことかい？」

「い、いえ、だからそういうわけではなくて……」

リオはなんともきまりが悪そうに俯《うつむ》く。

「ふふ、冗談《じょうだん》さ。どうやら良い子達と巡《めぐ》り会《あ》えたようだね。ずいぶんと良い表情をするようになったよ。アヤメ様がお忍《しの》びでこの村へやってきた時のゼンを思い出すよ」

ユバは口許を緩《ゆる》めておかしそうにリオをからかってから、優しい目つきになってそんなことを言う。

「ははは、あの時は大変でしたなあ」

当時のことをよく知るゴウキやカヨコが懐かしそうに思いだし笑いをし、しみじみとした顔になる。

「……皆さん、祖母らしいことをこの子にしてやれている訳じゃあないんですが、いつもリオがお世話になっています」

ユバは日頃のチャキチャキした言葉遣《ことばづか》いを潜《ひそ》めて、慇懃《いんぎん》とした言葉遣いと所作で少女達に頭を下げた。

「い、いいえ、こちらこそ！」

美春やセリア、サラなどは慌てて頭を下げ返す。

「私達の方こそリオさんにはいつもお世話になっています」

オーフィアとアルマはぺこりとお辞儀を返す。アイシアはみんなに倣《なら》って礼をする。普《ふ》段《だん》通り寡黙《かもく》だが、その口許は優しくほころんでいた。

一方で、ラティーファはまだあまり面識のない相手の前だと少し人見知りをしてしまうのか、借りてきた猫《ねこ》のように大人しくしており、無言のままみんなと一緒にお辞儀をしていた。すると――、

「ねえねえ、みんなのことは一人一人すっごく気になるんだけどさ。リオの義理の妹ってことはラティーファは私にとっても妹ってことだよね？」

「つまりは、私の孫でもあるわけだ」

ルリとユバがラティーファに興味を示す。

「え？　あ、はい……。そう思ってもらえると嬉《うれ》しいです」

ラティーファは照れて、少し伏《ふ》し目《め》がちに頷く。

「はー、可愛いなあ。私、妹に憧れていたんだよね。よろしくね、ラティーファ……って呼んでいい？　って、もう呼んじゃっているけど」

「もちろんです。じゃあ、私もルリお姉ちゃんって呼んでいいですか？　ユバさんのことも、ユバお婆ちゃんって……」

「もちろん！　いいよ！」「ああ」

ルリもユバも嬉しそうに即答《そくとう》する。

「えへへ、ありがとうございます」

「はー、可愛い！　沢山《たくさん》お話ししようね！　みんなも！」

気恥《きは》ずかしそうにはにかむラティーファを見て感極《かんきわ》まったのか、ルリは嬉しそうに抱《だ》きついた。そして、他の者達にも呼びかける。

「それで、どのくらい村にいられるんだい、リオ？　とりあえず今夜は歓迎の宴《うたげ》を開くとしても、この様子だといくら時間があっても話したりなそうだ」

「近日中に俺とゴウキさん達は王都に行こうと思っているんですけど、その間もラティーファ達は村に滞在させてもらってもいいですか？　流石にここにいる全員で押しかけるわけにもいかないので……」

「もちろんだよ」

　ユバは相好を崩して頷く。

「ありがとうございます。帰るのは二週間くらい滞在したらになると思うので、どうぞよろしくお願いします」

「ここはあんたの家でもあるんだ。水くさいことを言うんじゃないよ」

「……はい」

　リオはくすぐったそうに目尻《めじり》を細めた。

「そうと決まればだ。シン、サヨ。あんた達は村のみんなへ挨拶に行ってきがてら、今夜は宴だと伝えてきてくれるかい？」

「ああ、いいぜ」

「はい」

ユバから頼《たの》まれ、兄妹《きょうだい》二人が立ち上がる。

「なら、料理を手伝いますよ。食材とお酒もたっぷり持ち込んだので」

と、リオが申し出ると、美春とオーフィアもすかさず協力を申し出る。

「やった！　またリオの料理が食べられるんだね」

ルリはそれはもう嬉しそうに喜ぶ。こうして、里を訪れたときと同じく、村でも歓迎の宴が催《もよお》されることになったのだった。

◇◇◇

そして、その日の夕刻。

宴の開始にはまだ少し早いが、気の早い村人達が会場となる村の中央広場に少しずつ集まり始めた頃。

みんなで協力して宴の食事を作り終えたリオは、村の外れにある小高い丘を訪れた。目的はもちろん、両親の墓参りである。

リオの周囲には村を訪れたときと同じ面々の姿があった。リオが墓参りに行くとゴウキとカヨコにも伝えたところ――、

「私達も一緒に行ってもいいですか？」

と、他の者達も意思を表明したのだ。大所帯で移動すると目立ってしまうが、ルリも同行していて道中で宴に向かう村人達とすれ違《ちが》う時には「村の中を簡単に案内しているの。先に広場に行っておいて」と言って誤魔化《ごまか》し、目的の丘へとたどり着いた。

まずはリオが一人で石碑《せきひ》へとゆっくり歩いて行く。他の者達はリオに遠慮したのか、あある程度石碑に近づいたところで立ち止まる。リオはみんなから気遣われたことに気づくと、ほんの少しだけ口許をほころばせて前へと進んでいき――、

（……ここもまったく変わっていないな）

丘から見える周囲の景色を見回した。もうすぐ沈《しず》もうとしている夕日を見ていると、村にいた頃のことが昨日のことのように思えてくる。

だが、あの頃のリオと今のリオは違う。リオの心の中で何かが、確かに変わったのだ。

リオ自身、それは実感している。

（母さん、父さん。俺は目的を果たしたよ。ルシウスを殺してきた……）

二人はそれを喜んでくれるのか。もしかしたら悲しむのかもしれないが、死者は喋ることが出来ない以上、それはわからない。

けど、それでいいのだと思う。認めてもらいたくて復讐《ふくしゅう》を決意したわけではない。認め

てもらうために復讐を果たしたわけでもない。

誰かのためではない。他《ほか》ならぬ自分自身のために、リオは二年前のこの丘で復讐を決意したのだ。

だから、リオの中で何かが変わったのだとしたら、それは心の中で止まっていた時計の針が動き始めたことだろう。正確に動いているのかはわからないけれど、ゆっくりと、確かに針は動き始めた。ただ――、

（たぶん、復讐を果たしただけじゃこうはならなかったんだろうな）

と、リオはそうも思う。なぜなら、他ならぬリオが認めなかったはずだ。復讐を果たした自分自身を。復讐が正しくない行いだと理解しながらも、リオはそれを実行に移したから……。リオは自分自身を嫌悪《けんお》し続けていたことだろう。

だが、今は嫌悪というほどには自分を嫌《きら》っていない。こんな自分でも一緒にいたいと言ってくれる人達がいると知ることができたから、少しは自分のことを好きになれた。まだあまり自信は持てないけど……。

（大切なものを失いたくない。だから自分から手放そうとした。こんな自分勝手な俺に手を差し伸《の》べてくれたみんなに、今度は俺が何かを返す番だ）

リオはかつて復讐を誓《ちか》ったこの丘で、また新たな決意を胸にした。そして、それを誓う

かのように、両親の墓である名もなき石碑の前で両手を合わせる。

この石碑はもう二度とカラスキ王国に帰ってこない二人を死んだ人間と見なし、そんな二人を偲《しの》ぶために事情を知る極《ごく》一部の者が密《ひそ》かに建てた墓だ。だから、ここに両親の遺体は眠《ねむ》っていない。というより、リオ自身、どこに遺体があるのかもわからない。けど、それでもリオはここを両親の墓だと考え、二人を弔《とむら》うために両手を合わせた。

それから、リオはしばらくして重ねていた両手を離して顔を上げると、踵《きびす》を返してみんながいる方へと向かう。そして――、

「ありがとうございます、皆《みな》さん」

夕日を向かいに眩しそうに眼《め》を綻《ほころ》ばせながら、柔《やわ》らかい声で一同に礼を言う。

その後、ゴウキやカヨコ、美春にセリア、ラティーファ達《たち》も順番にリオの両親を弔ってから、宴の会場へと向かい――。

リオ達は深夜になるまで大騒《おおさわ》ぎをして交流を深め、村人達から手厚くもてなされることになるのだった。

◇　◇　◇

カラスキ王国の村に到着《とうちゃく》してから、二日後の午前中。

リオはゴウキ、カヨコ、コモモにアオイを連れて、カラスキ王国の王都へと向かうことになった。移動にあたってはオーフィアに協力してもらい、ゴウキ達を王都まで輸送してもらう。王都近郊《きんこう》の街道沿いにある丘《おか》に着陸すると――、

「じゃあ、とりあえず三日後のお昼に、またここに来ますね」

迎《むか》えの約束をしてから、村へ戻るオーフィアと別れる。

それから、リオ達は五人で王都に入ると、まずはゴウキの屋敷《やしき》へ向かった。いきなり王城へ向かわないのはゴウキ達一家の再会を果たすという目的もあるが、今のゴウキは隠居《いんきょ》して出奔《しゅっぽん》した身にある。

リオを追いかけることは伏せて出奔したので、いきなり出向いて諸々《もろもろ》の手続を要求すれば騒《さわ》ぎになるのは必至。そこで、ハヤテに取り次いでもらい、国王ホムラと王妃《おうひ》シズク夫妻との密会を組んで貰《もら》うことにしたわけである。

突然《とつぜん》の父達の帰還を受けて驚いたハヤテだが、事情を把握《はあく》すると取り次ぎのためにすぐに行動を開始する。昼前には戻ってきて、その日の午後からの密会の段取りをくんで帰ってきた。

そうして、リオ達はハヤテに連れられ、可能な限りひっそりと王宮へと足を運んだ。リ

オがかつて国王夫妻と対談した部屋へ案内されて――、

「突然窺《うかが》ったにもかかわらずその日のうちにお目通りくださり、誠にありがとうございます。ホムラ様、シズク様」

リオは向かいの椅子《いす》に腰《こし》を下ろす国王夫妻、つまりは自分の祖父母にこうべを垂れた。

「そなたが帰ってきたのだ。最優先で予定を調整するに決まっているであろう。しかもそなたを追っていったゴウキやカヨコも一緒《いっしょ》だというのだから、今の私にとってこれ以上の重客はおるまい」

ホムラは実の娘《むすめ》アヤメの忘れ形見ともいえる孫のリオに会えたことが嬉しいのか、実に嬉しそうな表情をたたえている。

「私ではなく、我々でしょう、貴方《あなた》？」

ホムラの妻、シズクが拗《す》ねたように頬を膨らませた。リオにとっては祖母にあたるから四十歳《さい》くらいは歳が離れているはずなのだが、拗ねた顔はなんとも愛らしかった。

「ははは、これはすまない」

ホムラは上機嫌に笑い、素直に謝罪する。

「また会えて本当に嬉しいわ、リオ。よく、本当によく、帰ってきてくれましたね。元気そうでとても安心しました」

シズクはほっと安堵《あんど》の息をつきながら、まぶたを柔らかくたるませた。そんな表情はリオが記憶《きおく》している母アヤメにそっくりだった。

「ヤグモ地方を出てからも色々とあったのですが、おかげ様で」

リオは少し遠い目になりつつも、優《やさ》しく笑って頷く。

「……ハヤテからおおよその状況は聞いたのだが、そなたの口からも何があったのか詳《くわ》しく教えてはくれまいか？」

と、ホムラから頼まれ――、

「はい。そのつもりで参りましたので。とりあえずは何が起きたのか、お話ししますね」

リオは復讐のためにカラスキ王国を出発してから、今こうして再びカラスキ王国城へ足を運んでくるまでの間に起きた出来事の数々を掻い摘《つ》まんで説明することにした。報告事《じ》項《こう》は事実に関する必要最小限の情報に絞ったので、数分とかからず報告は完了《かんりょう》する。最後に今後はゴウキ達とも行動を共にすることを伝えると――、

「……色んな出会いに恵《めぐ》まれたのだな。だからだろうか、部屋に入ってきた時にも思ったのだが、今のそなたはずいぶんと良い表情をしているように思える」

ホムラがリオの表情をじっと見つめて、好ましそうに口許《くちもと》を緩める。

「まあ、貴方もですか。実は私もです」

夫婦《ふうふ》で意見が一致《いっち》したからか、シズクも嬉しそうに同意した。

「ふふふ。久方ぶりにリオ様にお会いした者は皆、口を揃えてそう言っておりますなあ。実は某もそう思ったのです」

ゴウキが誇《ほこ》らしげに語る。

「……そこまで顔に出るものなんでしょうか？」

リオは自分の頬にぺたりと手で触《ふ》れて、不思議そうに首を傾《かし》げた。すると――、

「ふーむ。まったく消え去ったというわけでもないが、以前のそなたから感じられた翳《かげ》りのような色がだいぶ薄《うす》くなったと言えばいいのであろうか。それがそなたの意志の強さの表れでもあったのだろうが……」

伊達《だて》に国王を務めているわけではないのだろう。ホムラはかつてのリオと今のリオとでどう表情が変化したのか上手《うま》く言語化してみせた。

「復讐を終えたから、かもしれませんよ？」

リオは少しきまりが悪そうに、首を傾げてみせる。

「ふふふ。確かに、復讐を果たすことで晴れやかな顔をする者もいるであろうな。とはいえ、そういう手合いの者はえてしてもっと攻撃性《こうげきせい》が窺える表情をするものだ。自らの正当性を誇示《こじ》して、な。そなたのように罪悪感も窺えるような表情は見せまい」

　自分が正しいと疑っていないからこそ、罪悪感のない晴れやかな顔になれるのだと、瞬《しゅん》時《じ》に切り返すホムラ。それは国王として数多くの人間を目にしてきたホムラだからこそできる的確な指摘《してき》だった。すると――、

「……もし今の私の表情がそのように映っているのなら、ホムラ様が仰《おっしゃ》った通りです。良い出会いに恵まれたからなのだと思います」

　リオは自分の口でそれを認めた。

「その良い出会いのおかげで、貴方の身の回りには素敵《すてき》な人達がいるのね」

　シズクは自分のことのように嬉しそうな顔で推察する。

「……ええ。その人達は私の身近にいてくれて、復讐のためだけに生きようとしていた私でも一緒にいたいのだと言ってくれました。それで気づかせてもらったんです。私は失ったモノと同じくらい、大切なモノを得ていたんだと」

　リオはゆったりと唇《くちびる》をほころばせて、心境の変化を吐露《とろ》した。

「……実はな。復讐を果たしたそなたが抜《ぬ》け殻《がら》になるのではないかと、かつて私の前でそなたが復讐を語った時にそう思ったのだ。だが、そんなそなたに復讐を止めろと言《い》うこともできず……。ともあれ、いらぬ心配だったようだな」

　当時のリオのことを思ったのか、わずかに苦々しい表情を覗《のぞ》かせたホムラだったが、最

後には強張《こわば》った身体《からだ》から力を抜く。

「今さら都合の良いことなのかもしれませんが、復讐を果たした今、今後は今ある大切なモノを失わないように生きてみたいと思いました」

自分のためにも、他ならぬみんなのためにも……と、リオは決然と表情を引《ひ》き締《し》める。

「……相わかった。だからこそ、ゴウキ達を迎え入《い》れる決心をしてくれたのだな」

「はい……」

「だが、今後はどうするつもりなのだ？　カラスキ王国に滞在《たいざい》し続けるのか？」

ホムラはどういうわけか少々緊張したような面持ちで、リオの顔色を探《さぐ》るように見据《みす》えて問いかける。というのは――、

（もし、もしそなたがカラスキ王国に残り続けるつもりがあるのなら……）

復讐を果たして大切なモノを得た今のリオに、安住の地を用意してやるくらいのことはできるのではないか。そう思ったのかもしれない。だが――、

「またシュトラール地方へ戻《もど》るつもりです」

と、リオは悩むこともなく答える。

「……そうか。となると、また寂しくなるな」

ホムラは残念そうに表情を曇《くも》らせた。

「大切な人達の今後のために、シュトラール地方へ戻る必要があるんです。申し訳ございません」

美春と沙月《さつき》、亜紀《あき》や雅人《まさと》の今後のことがあるし、セリアのこともある。となると、活動の拠点《きょてん》はシュトラール地方に設定せざるを得ないだろう。そう思っているのだ。

「謝《あやま》ることはない」

「……はい。ただ、シュトラール地方にいる時間の方が多くはなりますが、今後は多少頻《ひん》度《ど》を上げてこちらにも顔を出せればと思ってもいるんです。ご迷惑《めいわく》でなければ、またこうしてご挨拶《あいさつ》に伺《うかが》ってもよろしいでしょうか？」

リオならば一ヶ月もあればシュトラール地方とヤグモ地方を往復することができる。だから、よほどの非常事態が起きて一ヶ月も留守にすることができないような状況にならない限りは、今後は定期的に顔を出したいと思っていた。

「無論だ」

「当たり前でしょう」

ホムラとシズクの声が力強く重なる。

「……ありがとうございます」

リオは安らかに愁眉《しゅうび》を開く。

「本当は貴方をこうやって変えてくれた大切な人達に私達も直接会ってお礼を言えれば良いのだけど……」

シズクはリオと一緒に暮らしている者達のことが気になったのか、とても残念そうに溜《ため》息《いき》を漏《も》らす。

「流石《さすが》にこちらのお城へ連れてくるわけにはいきませんからね。人数が多いので、目立ちすぎてしまいます」

素性《すじょう》の知れない者達がぞろぞろと城を訪れて国王夫妻と面談するのは流石に厳しいだろう。しかも、ヤグモ地方の住民に見えないこともない黒髪《くろかみ》の美春はともかく、セリア、アイシア、ラティーファ、サラ、オーフィア、アルマの顔だちはヤグモ地方に暮らす住民のそれとは人種的な特徴《とくちょう》からして違うとわかってしまう（ちなみに、サラ達は魔道具《まどうぐ》で種族的な特徴を隠《かく》してはいる）。魔道具で髪の色は変えることはできるのだが、異国の出身なのかなと思われてしまう恐れは強い。

「人の目が多い城の中で会うのは難しいか。だが、城の外であれば……」

ホムラは思案顔でふむと唸ると――、

「ちなみに、今回は後どれくらいユバ殿《どの》の村に滞在するつもりなのだ？」

と、リオに尋《たず》ねる。

「……二週間といったところですが」

まさか城の外に出て会うつもりなのだろうかと、リオは目を丸くする。国王夫妻が外出するとなると制約も多いはずだが――、

「……ごくわずかな時間の逢瀬《おうせ》でも構わぬのでしたら、手がないわけでもないと愚考《ぐこう》しますぞ。オーフィア殿の協力が得られるのであればですが」

ゴウキはニヤリと口許を緩めてリオを見た。

「誠《まこと》か？」

「詳しく聞かせてくださいな、ゴウキ」

ホムラとシズクが強く興味を示す。

「数時間程度であれば身をくらますことも可能でございましょう？　その間に逢瀬を済ませてしまえばよいのです。いかがでしょうか、リオ様？」

悪巧《わるだく》みするような顔になるゴウキ。エアリアルのことを知るリオはそれだけでどのような計画をゴウキが考えているのかを理解してしまう。

「やってやれないことはないと思いますが、国王夫妻がお忍びで城を抜け出すのはよろしいんですか？」

リオがリスクを踏《ふ》まえて確認すると――、

「その時はその時だ。数時間で戻るのならば誤魔化しも利《き》くであろう。何かあっても国王である私が責任を取ればいいのだ。して、どのようにして城を抜け出すのだ？」

ホムラは決意を滲ませて宣言し、童心に返ったように目を輝《かがや》かせた。よほどリオにとって大切な者達に会いたいのか、お忍びで抜け出す気満々である。

「まあまあ、昔アヤメが城を抜け出してゼンの村へ行って騒ぎになった時のことを思い出しますね。まさか私も抜け出すことができるなんて」

シズクもノリノリだった。

こうして、国王夫妻のお忍び訪問計画は他ならぬ本人達主導により推《お》し進《すす》められる。そして、オーフィアが迎えに来る三日後には国王夫妻が村を内々に訪れ、ユバや美春達を驚《おどろ》かせることになるのだった。

【間章】 ✕ セントステラ王国への手紙

場所はセントステラ王国。

リオ達がヤグモ地方に滞在してから何日かが経《た》った日のことだ。

午後、貴久《たかひさ》が毎日のように自室に引きこもり続けている一方で、雅人《まさと》は修練場でいつものように剣《けん》の稽古《けいこ》に励《はげ》んでいた。第一王女リリアーナに仕える近衛騎士《きし》のヒルダと手合わせをしながら手ほどきを受けており、己《おのれ》の剣術《けんじゅつ》を磨《みが》くことに精を出している。修練場の入り口から離《はな》れた場所で亜紀《あき》がその様子を見学していた。

職業軍人であり、隊長クラスの騎士であるヒルダにはまだ遠く及《およ》ばないが、雅人は伸《の》び盛《ざか》りなので日々腕《うで》を磨いている。ここ最近ではかなり高度な剣の応酬《おうしゅう》が見られるようになっていた。

手合わせを始めてから、もう十数分は経過しただろうか。勝負がつくまで斬《き》り合《あ》うのではなく、形勢が決まるような場面があっても展開をリセットして延々と手合わせを続けているので、かなり息が上がっているように見える。すると——、

「……休息も大事です。ここらでいったん小休止としましょう、マサト様」

と、ヒルダが動きを止めて、軽く息をついて言う。それで雅人も動きを止めた。

「はい、ヒルダ先生」

雅人は息を弾ませながら、晴れやかに返事をする。訓練用の木剣《ぼっけん》を下ろし、汗《あせ》を拭《ぬぐ》いながらふうっと息をついた。すると――、

「本日も精が出ていますね」

ほんの少し前に修練場を訪れていたリリアーナが入り口の方から近づいてきた。ヒルダが小休止を取ったのはリリアーナの姿を確認《かくにん》したからでもある。

「どうぞ、マサト様。飲み物です」

リリアーナの侍女《じじょ》であるフリルが手にした手ぬぐいと飲み物を雅人に差し出した。

「お、ありがとうございます、フリルさん。……はー、うめえ！」

雅人は愛想《あいそ》良く礼を言ってそれらを受け取り、渇《かわ》いた喉《のど》を潤《うるお》した。亜紀もその間に雅人の方にそっと近づいてくる。と――、

「マサト様、ガルアーク王国からお手紙です」

リリアーナが雅人に手紙を差し出した。

「お、本当ですか⁉　沙月《さつき》姉ちゃんからですね」

雅人は嬉しそうに手紙を受け取る。差出人は沙月だが、リオや美春《みはる》がガルアーク王国に滞在している間は二人からの言葉が書かれていることもあった。今回はどんなことが書かれているのだろうと、ワクワクしているような面持《おもも》ちで開封《かいふう》を行う。一方で、亜紀は中身が気になるのか、じっと手紙を見つめている。

それから、雅人は手紙を開封して中身を見る。そこには沙月やリオ達の近況《きんきょう》が記されていた。リオ達はまた旅立ってしまい、今回は手紙を書いたのが沙月のみだということ。リオがガルアーク王国城でもらった屋敷でみんなで楽しく暮らしていたこと。あとはお風呂《ふろ》のこととか、お泊《と》まり会なんかがあったこととか。伝言を頼まれたのか、リオや美春達のメッセージもあった。そして最後にはここ最近の貴久と亜紀の様子はどうだろうかと記されている。

「へえ、セリア姉ちゃんもサラ姉ちゃん達の里に行ったんだ……。アルスランの奴、元気かな」

と、雅人は手紙を読みながら懐《なつ》かしそうな顔で独《ひと》り言《ご》ちる。そして、最後まで目を通すと、亜紀から視線を向けられていることに気づいていたのか――、

「ほら、亜紀姉ちゃんも読めよ。気になるんだろ」

そう言って、手にしていた手紙を亜紀に差し出した。

「……いいの?」

亜紀は遠慮がちに訊《き》く。その手紙はあくまでも雅人に向けられたものだと考えているからだ。夜会の時にあんなことをしてしまった亜紀と貴久の代わりに、雅人が沙月や美春達と交流を行っているにすぎない。

「俺《おれ》がいいって言っているんだし、いいだろ。亜紀姉ちゃんはどうしているかって、心配されているぜ?」

ほら、と、雅人は亜紀に手紙を受け取るよう促《うなが》す。

「でも………」

亜紀は手紙を取ろうと躊躇《ためら》いがちに腕を上げたが、すぐにその手を下げてしまう。

「どうしたんだよ? 美春姉ちゃんや沙月姉ちゃんのこと、気にならないのか? ハルト兄ちゃんのことも書いてあるぜ?」

と、雅人が続けて促すと——、

「………でも、私あんなことしちゃったし」

ガルアーク王国で美春やリオにしてしまったことを思いだしたのだろう。亜紀は罪悪感を滲ませた表情を覗かせた。その手紙を読む資格は自分にはない。どうやらそう思っているようだ。

「……やっぱりちゃんと反省はしているんだな」

「…………………」

亜紀は後ろめたそうに、無言のまま俯いてしまう。セントステラ王国に来てから、ガルアーク王国での出来事を思い出さなかった日は一度としてなかった。そして、思い出す度に暗澹《あんたん》たる思いに駆《か》られている。日々、その思いは強まっている。

だが、果たしてそれは反省なのか？　亜紀にはそれが反省だと断定できる自信はなかった。だから、反省していると雅人に対して肯定《こうてい》することもできない。

「……兄貴にはこの手紙は見せられないけどさ。亜紀姉ちゃんにならら見せてもいいって思っているから読めよって言ったんだぜ、俺は」

「…………なんで？」

亜紀は恐《おそ》る恐る尋ねる。

「いや、だって兄貴と違ってちゃんと反省しているみたいだし、後悔《こうかい》しているんだろ？」

「…………」

雅人が反省や後悔という言葉を口にするが、亜紀はやはり頷《うなず》くことはできないのか押《お》し黙《だま》ってしまう。反省や後悔をしていると口にするのは簡単だ。だが、口にしたからといってどうなるというのだろうか？　そう思っているのだ。

だって、それらは自分を許してほしくて口にする言葉だ。悪いことをしたのに、許してもらおうとする言葉だ。

それは都合が良すぎやしないだろうか？　自分は本当にとんでもないことをしてしまったのに……。許されたいだなんて、都合が良すぎやしないだろうか？　そんな疑問が亜紀の頭をもたげるのだ。

それに、なんだかよくわからなくなってしまうのだ。確かに美春には申し訳ないことをしたと思っている。ハルトにも複雑だけど、後ろめたい気持ちを抱いている。自分は悪いことをしたのだと、そう思っている。

けど、貴久のことを思うと、なんだか言葉にできない無性《むしょう》にやるせない思いに駆られてしまって……。

亜紀は本当に、よくわからなくなってしまうのだ。頭の中がぐちゃぐちゃになってしまう。都合良く、美春に助けてほしいと思ってしまう。だからまた、亜紀は自責の念に駆られてしまって……。

反省しているとも後悔しているとも言うことなんてできなかった。すると、リリアーナはそんな亜紀を見つめながら――

（……アキ様は反省し、後悔しているからこそ、苦しまれているのですね。それに引き換えタカヒサ様は……）

今この場にはいない貴久のことを思う。

やってしまったことは事実として残り続けるし、消し去ることはできない。だからこそ亜紀は苦しみ続けている。

苦しめられているのは貴久も同じだが、自室にほとんど閉じこもっていて人との交流を断絶している貴久を見ていると、亜紀と同じような苦しみ方をしているとはリリアーナには思うことができなかった。

（自分を見つめ直す時間が必要。そう思っていたけれど……）

本当にそれでいいのだろうか？　貴久がガルアーク王国でしたことを反省し、後悔しているのかわからない。リリアーナは少し自信をなくし始めていた。すると――、

「まあ、いいけどさ……。この手紙は亜紀姉ちゃんに渡《わた》しておく。で、いつ読むのかは亜紀姉ちゃんに任せる。ほら」

黙り続ける亜紀を見て焦《じ》れったく思ったのか、雅人が亜紀の手を掴《つか》んで手紙を受け取らせた。

「でも……」

亜紀は反射的に手紙を押し返《かえ》そうとするが――、

「難しいことは考えないでさ。亜紀姉ちゃんが読みたいと思った時に読めばいいよ。それで一度、今の心境を手紙に書いて美春姉ちゃん達に送ってみたらどうだ？　そのためにもとりあえず読んでほしいってのが正直なところだけどな。今まで受け取った手紙も後で渡しにいくよ」

雅人は力強く亜紀に手紙を押しつけ、そう提案した。

「…………」

そう言われてもすぐには手紙を読むことができない亜紀。しかし、雅人に手紙を突《つ》き返すこともせず、美春達のメッセージが記された手紙を大切そうに抱《かか》えたのだった。

【第五章】 聖女の胎動

時はわずかに進み、リオ達が再びシュトラール地方を目指すべくカラスキ王国を出発した頃《ころ》のことだ。

場所は遠く離れ、シュトラール地方。リッカ商会の本店が存在するガルアーク王国の交易都市アマンドの街中を歩く人物達がいた。

人数は五人。全員が旅装束を身につけており、その中にはつい先日、プロキシア帝国《ていこく》城へと単身で足を運んだ聖女エリカの姿もある。

「ここがアマンド。ずいぶんと活気のある都市なのですね」

エリカはかなり感心した面持ちで都市の街並みを見回していた。行《い》き交《か》う人々の表情は活気で溢《あふ》れているし、巡回《じゅんかい》する兵士の数も多く治安も良さそうだ。整備が行き届いているのか、あるいは住民の美化意識が高いのか、通りにゴミが散乱していることもなく、変な臭《にお》いが路地裏から漂《ただよ》ってくるということもなく、街並みも大変美しい。すると――、

「我々の国に暮らす住民ほどではありませんが、民の表情がなかなか明るいように思えま

す。この都市を治める噂《うわさ》の令嬢《れいじょう》は貴族にしてはそれなりの善政を敷《し》く人物なのかもしれませんね、エリカ様」

同行している女性剣士《けんし》がエリカに語りかける。すると、周りにいる面々も満更《まんざら》でもなさそうに賛同してアマンドのことを評価した。

ただし全員、まだ誕生して間もない自分達の祖国に暮らす民達《たみたち》の方が上であるかのようなスタンスは崩《くず》さない。これはプライドが高いというのもあるが、純粋《じゅんすい》に聖女であるエリカを崇拝《すうはい》しているのだ。聖女であるエリカに導かれている自分達の方が生活への満足度は高くて然《しか》るべきであると、微塵《みじん》も疑っていない。

ここにいるエリカは自らの信徒であり、エリカを警護する親衛隊員であった。中には貴族の分家に産まれた者もいて、もともとはエリカが滅《ほろ》ぼした王国に仕えていた者もいるのだが、エリカが起こした数々の奇跡《きせき》やその教えに導かれて改宗した過去がある。

「確かに我《わ》が祖国に暮らす者達の方が活気があると私も信じて疑うことはありません。ですが、それなりの善政などではありませんよ。いくつもの都市を旅してきましたが、これほど見事に発展していた都市があったでしょうか？　この都市の発展ぶりは我が国も参考にするべきだと、そうは思いませんか？」

エリカは信徒達の間違《まちが》いを正すように語って問いかけた。すると――、

「確かに……」

「これほど見事な都市を我が国の王都でも再現できたら……」

「都市を発展させた人物から話を聞くことができれば」

　信徒達は否定しない。聖女であるエリカの言葉こそが正しいと信じている。だから、正しいという前提のもとに話を展開させる。

　エリカはそんな信徒達をよそに――、

（この都市はシュトラール地方の平均的な都市よりも遥《はる》か高みの水準にある。誰《だれ》かの指導なくして都市がこのように発展するはずもない。もともと利用価値があると思っていたのはリッカ商会という組織と、その長《おさ》という肩書《かたが》きだけだったけれど……、リッカ商会の会頭、リーゼロッテ＝クレティアですか。彼女《かのじょ》にも少し興味が湧《わ》きました）

　アマンドの代官であり、リッカ商会の会頭であるリーゼロッテ個人についても興味を抱《いだ》き、口許を歪《ゆが》ませていた。すると――、

「おーい、そこの冒険者《ぼうけんしゃ》の姉さん方……、そこの黒髪の綺麗《きれい》なお姉さん！」

　露店《ろてん》の店主がエリカ達一行に声をかけた。旅装束を着て武装しているので、冒険者だと思ったらしい。

「……私ですか？」

エリカが自分を指さす。シュトラール地方で黒髪の人間は滅多《めった》にいないからだ。黒髪という言葉に興味を持ったのか、エリカは周囲を見回してみるが、他に該当《がいとう》しそうな者はいなかった。露店の商品を売り込みたいのだろうとでも思ったのか、エリカは特に興味もなさそうな目つきで男性から視線を外そうとした。が――、

「アマンド名物のスープパスタはどうだい？」

「……パスタ、ですか？　ここで取《と》り扱《あつか》っている商品は……ふむ」

エリカは店主が発音した「パスタ」という言葉を聞いて何か思ったのか、カウンターの向こうに置かれた材料類に視線を向ける。そして材料の中にあった棒状の麺《めん》を見つけてわずかに瞠目《どうもく》すると、すぐさま思案顔になる。

「ここで売っているのはスープパスタだぜ。ははあん。あんた、もしかしてパスタは初めてかい？」

「……そういうわけでもなさそうなのですが、パスタ、ですか。失礼ですがもっと口の動きをよく見せてください」

エリカはやはり「パスタ」という言葉の響《ひび》きに注目しているのか、男性の口許に視線を固定させる。その上で男性が口にした言葉を確かめようと注視した。

「お、おう？　パ、パスタ？」

じっと口の動きを観察され、戸惑《とまど》いながらも商品名を改めて口にする男性店主。

「……もう一度確認《かくにん》しますが、これはパスタと発音するのですね？」

エリカは店内に置かれた材料の中にあった棒状の麺を改めて視界に収めつつ、男性の口許を凝視《ぎょうし》し続け繰《く》り返《かえ》しの確認を行う。

「あ、ああ。な、なんなんだよ？　綺麗だけど変わった姉ちゃんだな」

エリカが視線を口許に固定させながらあまりにも繰り返し確認してくるものだから、男性の戸惑いが増していく。ただ――、

「失礼いたしました。少し気になったことがあったもので。そのスープパスタとやらを一つ頂けますか？　ちょうどお昼時ですし、せっかくですからここで食事としましょう。人数分、お願いします」

エリカは男を警戒《けいかい》させないように、たおやかに微笑《ほほえ》んで注文した。

「お、おう。ちょっと待ってな！」

男性は少しドキッとしたように頷く。

「作るところを見てもよろしいですか？」

「ああ、いいぜ」

「ありがとうございます」

エリカは露店のカウンターを越《こ》えて店主の側に回ると、そこにあった調理器具一式をじろりと見回した。そして、棒状のパスタも改めて視界に収めると――、

「……ところで、このパスタはアマンドの名物と言いましたね。これはいったいどうやって、誰が考案した料理なのでしょう？」

と、店主に尋ねた。

「ん？　ああ、我らがアマンドを治める代官様にして、リッカ商会の会頭、リーゼロッテ＝クレティア様が開発した食材だよ。数年前からアマンドで売られるようになって、今じゃパンと並ぶこの都市の主食だ。近隣《きんりん》諸国でもだいぶ一般的《いっぱんてき》な食材になり始めているらしいぜ」

店主は誇らしげに答える。

「……なるほど。しかも数年前……」

「どうしたんだい、妙《みょう》に嬉《うれ》しそうじゃないか？」

店主がわずかに瞠目し、エリカの顔を覗き込んで尋ねる。

「いえ、この都市へ足を運んで良かったなと思いまして。おかげでとても良い出会いに恵まれそうです」

エリカはほくそ笑《え》むように口角をつり上げたのだった。

◇◇◇

それから、小一時間後。

アマンドの代官邸《だいかんてい》にある執務室《しつむしつ》で。室内には主人であるリーゼロッテと、侍女長《じじょちょう》として彼女に仕えるアリアの姿がある。

「……ねえ。なんか今日は書類の量が異様に多くない、アリア？」

昼食を済ませてさあ仕事に手をつけるぞと執務椅子《しつむいす》に腰掛《こしか》けたリーゼロッテだが、机の上に山積みになった書類の山を眺《なが》めて表情を引きつらせた。

「アマカワ卿《きょう》から教わった石鹸《せっけん》類の量産化体制を構築するための書類ですね。商会で製作していた既存《きそん》の石鹸類の製作は中止して業務を拡大するので、必要な書類の量がかさんだのでしょう」

事前に書類の山を流し読みして確認していたのか、アリアが淀《よど》みなく答える。既存の生産体制を破棄《はき》して新たに一から生産体制を構築するのだから、既存の人員の継続雇用《けいぞくこよう》やら人員の増加やら生じる費用の計算やら、それはもう色々と確認しないといけないことが多いというわけだ。

「あー、そっか。嬉《うれ》しい悲鳴ね……」

　引きつった笑みをたたえるリーゼロッテ。書類の束に臆《おく》しているのか、なかなか手が伸《の》びない。

「観念して早く片付けてください」

「わ、わかっているわよう」

　アリアから溜息交じりに言われ、リーゼロッテはむーっと可愛《かわい》らしく唇を尖《とが》らせる。普《ふ》段《だん》は大人びてみられがちだし、人前ではまずしない仕草だが、アリアの前では年相応の少女らしい表情を見せるのだ。

「片付けますか」

　そう言って、リーゼロッテがようやく書類に手を伸ばそうとする、その時のことだった。

室内にノックの音が響き渡る。

「入って頂戴《ちょうだい》」

　リーゼロッテが扉《とびら》に視線を向けて許可を出す。入ってきたのはまだ新人で見習いの侍女であるクロエだった。

「リッカ商会の会頭としてのリーゼロッテ様にお会いしたいと、事前予約なしの来客が現れたそうです。今は貴族街の門にいて、その……、聞いたことはないんですけど、聖女エリカと名乗る人物です」

　聖女と呼ばれる偉人《いじん》は歴史にそれなりの人数が存在するが、今を生きる人物で聖女と呼ばれる偉人となると一気にその数を減らしてしまう。そして、名も知れない人物が聖女を自称《じしょう》している場合、十中八九は胡散臭《うさんくさ》いと相場が決まっている。

　来客が訪《おとず》れてきた場合は必ず報告するようにとリーゼロッテから義務づけられているクロエだが、報告を行うその顔には「なんか怪《あや》しそうな自称聖女がやってきましたけど会いますか？」と見えないインクで記されていた。一方で――、

「聖女で、エリカって、確か……」

「少し前に民衆を扇動《せんどう》し、プロキシア帝国の属国として加わっていたいずこかの小国を滅ぼしたとされる聖女の名前がエリカだったかと」

　リーゼロッテとアリアはその名に聞き覚えがあった。

「……もしかして同一人物？　だとしたら、滅ぼした国の宗主国《そうしゅこく》であるプロキシア帝国を怒《おこ》らせたから、ガルアーク王国側につきたいとか？　でもどうしてアマンドに……？」

　考えられる用向きを列挙し、リーゼロッテが首を捻《ひね》る。

「全くの別人物で、リッカ商会を慈善《じぜん》事業と勘違《かんちが》いした手合いの可能性もありますよ」

というより、そういう手合いの可能性の方が高そうですらある。

「まあ、でもちょっと気になるし？」

と、言いつつ、リーゼロッテは手にした書類を机の上に置かれた紙の束に戻す。

「現実逃避《とうひ》しても仕事はなくなりませんが……」

「し、仕事よ。仕事。これも仕事なの。情報収集！　商人にとっても貴族にとっても情報が命綱《いのちづな》なんだから！　百聞は一見にしかずでしょ」

リーゼロッテは自らに言い聞かせるように語って立ち上がると――、

「初見の来客と同様の対応で、屋敷《やしき》までご案内して、クロエ」

と、クロエに指示を出す。

「承知しました」

クロエはぺこりと一礼すると、そそくさと退室していく。

「いつも通り、貴方《あなた》も立ち会ってね。お昼休みが少し延びたと思いましょう」

「御意《ぎょい》」

口許《くちもと》をほころばせながらも、やれやれと頷くアリアだった。

◇◇◇

そして、数十分後。

リーゼロッテは護衛を兼《か》ねたアリアを引き連れ、アマンド代官邸の応接室へと足を踏み入れていた。室内には先に案内されてソファに腰掛けていたエリカの姿がある。

リーゼロッテは入室してエリカの容姿を目《ま》の当《あ》たりにすると、息を呑《の》むように一瞬《いっしゅん》だけ立《た》ち尽《つ》くした。なぜなら――、

（……日本人、よね。どう見ても……）

エリカが日本人としか思えぬ顔だちをしていたからだ。エリカは日本ではおよそコスプレにしか見えない神官服のようなドレスを着用している。この世界では聖職者であれば普《ふ》通《つう》に着用するようなデザインなのだが、日本人だった前世の記《き》憶《おく》を持つリーゼロッテからするとなかなかにインパクトがあったはずである。相手が聖女などと自称しているのであればなおさらだ。

（この人が国を滅ぼしたとされる聖女なのか……。まさか六人目の勇者？　これまで一切《いっさい》情報が出てこなかったけど……。とにかく、会っておいて正解だったわね）

わざわざ接触《せっしょく》を図《はか》ってきたのだから、何かしらの話があるのだろう。そのついでにこちらからも有益な話を聞くことができるかもしれない。こういうことがあるからアポなしの一見客でも無視するのは怖《こわ》い。そう思ったリーゼロッテだった。

「……どうかなさいましたか？　私の顔を見て驚いたような……。貴方がリーゼロッテさんですよね？」

エリカはリーゼロッテが入室してくると静かに立ち上がり、愛想良く一礼してきた。ふっと微笑んでからじっとリーゼロッテの顔を見ると、どうしたのかと問いかける。

「……いえ、何でもございません。貴方が聖女エリカ様ですね。仰《おっしゃ》る通り私がリッカ商会の会頭、リーゼロッテ＝クレティアです。この都市の代官も務めております」

「初めまして、エリカと申します。聖女という肩書きは胡散臭いと思われるのか会っていただけるか不安だったのですけど、お会いできて嬉しいです」

と、エリカは自ら胡散臭く思われることがあると、冗談《じょうだん》めかして自己紹介《しょうかい》し返す。

「実は聖女エリカという通名に聞き覚えがありまして、お会いしてみようと思いました。まずはお掛《か》けください」

そう言って、リーゼロッテはエリカと対面して腰《こし》を下ろす。

「まあ、そうだったのですね。私のことをご存じなのですか？」

エリカは腰をかけつつ、嬉しそうに笑みを貼《は》り付《つ》けて喜んでみせた。

「少し前に風の噂で聞きました。とある小国で民衆の反乱が起き、小さな新興国家が誕生したと。その時に民衆を率いていた人物が聖女エリカだった、とだけ」

貴方がその聖女エリカなのでしょうか？　と、リーゼロッテは今目の前にいるエリカをじっと見つめて黙示《もくし》に問いかける。

「まあまあ、そうでしたか。このような世界でも情報が出回るのは意外と早いものなのですね。私がそのエリカですよ」

「そう、ですか……」

あまりにもあっさりとにこやかに自供され、リーゼロッテは少し調子が狂《くる》ったような顔で間を空けた。滅びたのが辺境に位置する特に重要性もない小国家だからさほど注目もされていないが、国を滅ぼす先導をしましたよ、などとそう簡単に認めてくるとは思っていなかったのだ。言ってしまえば危険人物だと受け止められかねない。

「私が国を滅ぼす先導をした人物だと思って、少し警戒していましたか？」

と、エリカは見透《みす》かしたような質問を冗談めかしてする。

「……結果だけを殊更《ことさら》に問題視して物事を判断するのであれば、そうなります。ただし物事には因果関係というものがありますから、過程と結果の両方を踏まえなければ適正な評価を下せません」

リーゼロッテはわずかに思案してから答えた。

「まあ、素敵《すてき》な見識をお持ちなのですね」

エリカはふふふと上品に微笑む。

「……いえ。それで、そんな貴方がどうして私へ会いに来たのでしょうか？」

「私に興味を持ってくださっているのですね。とても嬉しいです。そしてそれは私も同じです。我が国にも名を轟《とどろ》かせるような組織であるリッカ商会と、貴方個人に興味が湧きまして、ぜひ会ってみたいと足を運びました」

「……では、ただの興味本位で私に会いに来たと？」

会うことが目的で、他に目的はないのかと、リーゼロッテは遠回しに訊く。

「別に会うことだけが目的というわけではありませんよ？　私は貴方をスカウトしたいと思っているんです」

「私を、スカウトですか？」

想像の斜《なな》め上《うえ》を行く話をされたかのように、リーゼロッテは困惑《こんわく》して頭上に疑問符《ぎもんふ》を浮《う》かべた。すると――、

「はい。ぜひ我々の国家へ移り住んでいただき、国の発展に力をお貸しいただきたいのです。ここアマンドを発展させたように」

エリカが突飛《とっぴ》すぎる話を切り出す。リーゼロッテはガルアーク王国の筆頭大貴族であるクレティア公爵《こうしゃく》家の娘《むすめ》であり、リッカ商会の会頭でもあるのだ。そんな相手にどこともし

れない辺境にある国へ移り住んでくれないかと口にするなど、普通はできない。というより、荒唐無稽《こうとうむけい》すぎて勧誘《かんゆう》というよりもはや冗談としか思えない。だが、エリカの表情を見る限り冗談で勧誘してきているようにも思えなかった。だから——、

「……私はガルアーク王国の貴族です。お受けできるはずがありません」

リーゼロッテは真面目《まじめ》な面持ちで返答する。

「まあ、ではどうすればお受けいただけますか？」

エリカは相当無茶《むちゃ》なお願いを口にしている自覚がないのか、リーゼロッテに来てもらう前提で平然と質問した。

（……この人、どこまで本気で話をしているのか掴みにくいわね。一見すると人当たりの良い笑みを浮かべているけど……）

なんというか、仮面をつけた相手と話をしているような感覚だった。会って早々に突拍子《とつぴようし》もない勧誘をされたこともあって、リーゼロッテはエリカに対する警戒の念を密《ひそ》かに強めていく。

「……親交のある国へ一時的に出向くというのならまだしも、見ず知らずの国から勧誘を受けてそう簡単に話を受ける貴族がいるとお思いですか？　他国へ移り住むなど国を捨てるのと同義ですし、最悪、祖国に喧嘩《けんか》を売っていると思われかねません」

と、リーゼロッテはより強い言い方で難色を示す。エリカの勧誘は祖国への裏切りを勧《すす》めているともとれるからだ。すると――、

「障害となるのは国、というわけですか。貴方はガルアーク王国の貴族だから他国へ移り住むことはできないと」

エリカはここでようやく、渋《しぶ》い顔になる。

「……仮に貴族でなかったとしても、貴方の国に移り住む理由は思い当たりません。私はこの国のことが好きなので。そして、貴族としてもこの都市の代官であることに誇《ほこ》りを感じています」

「なるほど。ですが、特権階級として存在する王侯《おうこう》貴族が民《たみ》を統治する。それこそが不幸の連鎖《れんさ》を生み出すのだとは思いませんか？」

「…………いきなり何を仰っているのでしょうか？」

エリカの質問はブラックジョークだと好意的に受け止めるにしてもいささか以上に危《あや》うすぎた。だから、リーゼロッテはエリカの表情を探《さぐ》るように質問を口にする。

「王侯貴族は世界の発展にあたって害にしかならないということです」

「私も王侯貴族なのですが……」

面と向かって言われ、なかなかに困った様子のリーゼロッテ。もはや呆《あき》れかけている。

「ですから、我が国に移り住むにあたって貴方には貴族としての位を捨ててもらおうと考えています。我が国に王侯貴族は存在しないので」

と、エリカは結論ありきで話を展開する。初めから自分の中で結論が決まっていて会話の中でそれを変えるつもりがない相手と対談したことも多いリーゼロッテだが、エリカはその中でも群を抜《ぬ》いていた。

「ですから私は移り住む気などないと……」

話が上手《うま》く噛《か》み合わないからか、否定しようとするリーゼロッテの口調により強い感情がこもりかける。と――。

カタンと、室内に音が鳴《な》り響いた。音を発生させたのはリーゼロッテのすぐ後ろに立っているアリアである。どうやら筆記具を落としてしまったらしい。

「失礼いたしました」

とだけ言って、アリアがぺこりと会釈《えしやく》するが、伊達《だて》に侍女長を務めてはいない。予期せぬ音をわざと立てることで、主人であるリーゼロッテの思考をリセットさせたのだ。それを察したのか――、

（……ありがとう、アリア）

リーゼロッテは軽く溜息《ためいき》を漏《も》らして、心の中でアリアに礼を言う。そして――、

「王侯貴族は世界の発展にあたって害にしかならない、という話でしたね？」

話題の軌道《きどう》を修正した。どうも話の焦点《しょうてん》がとっ散らかっているように思えたので、その内の一つに絞《しぼ》ることにしたようだ。

「私がいた小国家では長らく一部の王侯貴族によって民が搾取《さくしゅ》され続けてきました。なぜだかわかりますか？」

と、エリカは新たな質問を口にする。

「…………良き統治者に恵《めぐ》まれなかったから、でしょうか」

間違ってはいない。だが、百点満点の正解ではないとも思っているのか、リーゼロッテは渋い顔になる。一方で――、

「理解はしているようですね。より突き詰《つ》めて言《い》い換《か》えるのならば、身分社会を前提とした君主制というのは極《きわ》めて不完全な社会制度だからです」

エリカは満足そうにほくそ笑み、リーゼロッテの回答をより深く掘《ほ》り下《さ》げて言語化してみせた。そして――、

「貴方は向き合わなければなりません。特権階級などという枠組《わくぐ》みを認めてしまうから、特権階級がより甘《あま》い汁《しる》を吸おうとする制度が出来上がるのだということを。統治者が自由に政治を行うことができてしまう以上、民衆の生活的安定性は統治者の善意に委《ゆだ》ねなければ

ばならない。結果、民衆だけが不平等に搾取され続けてしまう世の中が続いてしまう。これは現状、この世界に存在する数々の王国で存在している共通の問題点だと言えるでしょう。そうは思いませんか？」

ある種の踏《ふ》み絵《え》のような問いを、貴族であるリーゼロッテに投げかけた。リーゼロッテが問題ないと答えれば、王侯貴族が特権階級であり続けるために平民には不平等であり続けてもらうことを良しとしているのだと受け止められかねない。

仮に質問の相手がニドル＝プロキシアであれば「何の問題があるというのだ？」と言いきっていたであろうが——、

「…………だからといって、どうこうできる問題だとも思えません」

と、リーゼロッテは言う。

「それは貴方もまた王侯貴族という特権階級であり続けることを捨てたくないと思っているからではないでしょうか？　民衆を踏み台に甘い汁を吸いたいと願っている。違《ちが》いますか？」

「……恵まれて育ってきたことは否定できません。ですが、だからといって民衆を踏み台にして甘い汁を吸おうとも思っていません。私は民のことを考え、可能な限り平等を実現できるようにこのアマンドを治めているつもりです」

「確かに、ここアマンドは素晴《すば》らしい都市です。民衆が活気で溢れている。ですが、それは貴方という代官が治めている都市だからです。仮に今後、貴方以外の代官がこの都市を治めることになったとして、民衆の暮らしが悪くなることはないと言えますか？　そうならないための制度的な枠組みを構築するべきなのでは？」

エリカは立て続けに正論染《じ》みた質問を投げ続ける。およそ善良な価値観を持つ王侯貴族であれば答えにくいような内容だ。

「……しようと思っても、難しいですね。だからどうこうできる問題だとは思えないと答えました」

リーゼロッテは苦いものを口にして我慢《がまん》するような顔で答えた。すると——、

「なぜ難しいのでしょう？　簡単ですよ。都市の在り方を決める権利を民衆一人一人の手に委ねて合議で決定してしまえばよいのです。それができないのですか？」

と、エリカは不思議そうに首を傾《かし》げる。

「まったく簡単ではありません。それをしようとする場合、そこに暮らす民衆の教育的な発展が必要不可欠です。民衆一人一人に政治的な判断がおぼつかない場合、その集団は最悪自滅《じめつ》します。あるいは、それを理解している者が民衆の愚《おろ》かさを利用して都合良く政治を行うでしょう。そうなれば新たな特権階級が誕生するはずです。上から民主化を押しつ

けることの難しさもありますし、民衆の教育的な発展が進んでもそういった弊害《へいがい》を完全に阻止《そし》することは難しいはず」

リーゼロッテはエリカが簡単だと言う案の問題点を列挙して、理路整然と反論した。すると——

「……実に聡明《そうめい》なのですね、貴方は。人間の本質が獣《けもの》だと、よく理解している。そして人間社会がどれだけ発展しようと、そのことに変わりはない。きちんと理解している。実に素晴らしい。そう、だから、私は……」

軽く目をみはったエリカ。そして何かが心に突き刺《さ》さったのか、今まで笑みという仮面を貼り付けて喋《しゃべ》っていた彼女がどういうわけか苦々しい面持《おも》ちになった。何かに対する特定の強い恨《うら》みを示すかのように、ギリッと歯を噛みしめている。それが初めて、エリカがリーゼロッテに見せた人間らしい感情のようにも思えた。

「………何を仰っているのですか？」

リーゼロッテは訝《いぶか》しむようにエリカを見る。

「失礼。貴方ほど聡明な人材は我が国にはいないものですから。つい熱が入ってしまいました」

エリカは再び笑みという仮面を貼り付けた。聖女としての仮面を……。

「……貴方がどうして民達を先導し、国を作り上げたかは今の会話からおおよそ理解できました」

と、リーゼロッテは話をまとめるように、溜息をついて言った。

「ほう、それはすごいですね？　試《ため》しに教えてはいただけませんか？」

エリカは目を見はって尋《たず》ねる。

「……民衆のためを思って、なのではありませんか？」

リーゼロッテが回答すると――、

「ふっ、ふふふ。ふははははは」

エリカは激しく哄笑《こうしょう》した。

「……何がおかしいのでしょう？」

「いいえ、何も。私はただ弱者が存在しない世界を作り上げたいだけです。その手始めに民衆の、民衆のための、民衆の手による民主主義国家を作り上げた……。言うならばこれは壮大《そうだい》な復讐《ふくしゅう》なのです」

「復讐、ですか……」

「ええ。ですが、そうなると弱者が存在しない世界を作り上げるのは単なる手段にすぎないのかもしれませんね。目的は復讐なのだから」

「仰っている意味がまたよくわからなくなってきたのですが……」

理知的な会話もできるかと思えばこれだ。

リーゼロッテは少し辟易《へきえき》とした顔になる。

「貴方との会話は非常に有意義でした。だからこそ、改めて勧誘します。リーゼロッテ＝クレティアさん。身分を捨てて我が国へ来てください。誰もが平等に扱われる国を作り上げるために」

「……お断りします。誰もが平等に暮らせる国があるのなら、とても素晴らしいことだとは思いました。ですが、そんな国を作り上げるのはきっと無理なんです。貴方は王侯貴族の手による政治を批判し、国の政治を民衆に委ねると言いましたが、問題は山積みのように思えます。私は少なくとも今は今のままであることが最善だと思いました。変わっていくようにするのであれば緩《ゆる》やかにです。現状で民衆を扇動し、急速に改革を押《お》しつけることが正しいとは私にはどうしても思えません」

きっとそれは破綻《はたん》へと繋《つな》がると思うから——と、リーゼロッテは滔々《とうとう》と語り、きっぱりと自分の意思を伝えた。

「……どうしても断るのですか？」

「ええ。というより、わかりませんね。なぜ貴方がそこまで私という一個人にこだわるのかも……」

と、リーゼロッテは困惑を覗《のぞ》かせて語る。

「正直、もともとはリッカ商会の影響力《えいきょうりょく》が目当てでした。ですが、リッカ商会の商品名を聞いて中の人間にも興味を持ちまして。もともと私の見立てでは商品を開発しているアドバイザーがいると思っていたのですが、話してみてわかりました。貴方なのでしょう？ 地球の用語を用いた商品を作り出しているのは」

そう語り、エリカはじっとリーゼロッテを見つめた。

「……何のことでしょう？」

リーゼロッテはさも不思議そうに首を傾げる。すると——、

「とぼけなくとも構いません。いいえ、そうね。とぼけなくてもいいわ。私の名前は桜葉《さくらば》絵梨花《えりか》というのだけど、貴方は……。もしかしたらリッカというお名前だったのかしら？ 見た目は十代の女の子のようだけど、中の年齢《ねんれい》はいくつ？ こう訊《き》けば理解してもらえますか？」

と、エリカは聖女然とした丁寧《ていねい》な喋り方を止《や》めて、いきなり年相応の若い女性っぽく砕《くだ》けた喋り方をした。

「……話が唐突《とうとつ》ですね、本当に。急に言葉遣《ことばづか》いも変わりましたし。それが貴方の本当の口

調ですか？」

リーゼロッテは瞠目してから、呆れたような顔で尋ねる。

「先に私の質問に答えてほしいのですが。いいえ、ほしいわ。ここから先は聖女エリカとしてではなく、桜葉絵梨花としてお話をしましょうか。そちらにいる侍女《じじょ》さんが話を聞いていても構わないのであれば、だけど」

エリカがリーゼロッテの背後に立つアリアを見て言う。

「……わかりました。そういうことであれば、リッカ商会の商品を考案しているのは私です。アリアならば聞かれても構いませんので」

リオが初めて美春《みはる》を連れてきた後、アリアにだけは前世のことを教えていたのだ。

「へえ。お名前と年齢は？　リッカさん？　それともリッカちゃん？」

「一つ質問に答えたのですから、次は私の質問に答えてください」

ここまで言いたいことを言い合ってきたので、リーゼロッテはもはや遠慮《えんりょ》せずに要求を主張した。

「互《たが》いの質問に一つずつ答えていく、というルールね。わかったわ。何を訊きたいの？って、ああ。私の口調についてだったわね。これが素《す》よ。いいえ、これが素だった、かしら？」

と、エリカは先ほどのリーゼロッテの質問に答えた。

「素だった？」

「その前に次は私の質問。貴方の前世のお名前は？」

「……源立夏《みなもとりつか》です。それで、素だったというのは？」

「桜葉絵梨花はもう死んだも同然だから……。今の私は聖女エリカなの」

一瞬、エリカの顔に翳《かげ》りが差したが、すぐに笑みをたたえる。

「……死んだも同然？」

「次は私の質問ね。立夏ちゃんの生前の年齢は？」

「十六です」

「あら、ずいぶんと若かったのね。大学生くらいかと思っていたんだけど、前世と合わせればもしかして私より実年齢《じつねんれい》は上？　でも、見た目がまだ子供だからあんまりそうは思えないわね」

「年齢のことはいいです。それより、死んだも同然というのは？」

余計な会話を発展させる気はないのか、リーゼロッテは次の質問を口にした。

「……最愛の恋人《こいびと》ともう会えないからよ。私にとってはその人が全《すべ》てだったから、その人以外と結ばれるつもりもないし、桜葉絵梨花であることに必要性を感じなくなったの。だ

から聖女エリカになった。けど、貴方と話をしていたら少し懐《なつ》かしくなったから」

今だけ復活ね、とエリカは少し寂《さび》しそうに語った。そして――、

「次の質問は何にしようかしら？　……そうね。立夏ちゃんは日本人だった時、どこに住んでいたのかしら？」

「東京の文京区です」

「あはは、その顔で東京の文京区とか、笑える。良いとこに住んでいたのね。ちなみに、私は新宿区にある大学で講師をやっていたのよ」

「どうして私が転生していると思ったのですか？」

「異世界に召喚《しょうかん》されている人間がいるんだもの。転生している人間もいるのかもって思っただけ。日本にいた頃《ころ》そういう小説をちょっと読んでいたし。で、立夏ちゃんはなんで死んだの？」

「……バスの交通事故です」

リーゼロッテは少し釈然《しゃくぜん》としない顔で質問に答えた。エリカがどうでもいいようなことばかり訊いてくるからだ。

「へえ、お約束ね」

「次は私の番です。……どうしてどうでもいいようなことばかり訊いてくるのですか？

もっと他の有意義なことを訊いてくると思ったのですが」

「別に……。桜葉絵梨花として聖女エリカの質問を口にする気にはなれないだけ。貴方と話をしていたら少し懐かしくなったって言ったでしょう？」

エリカは嫌《いや》な現実を思い出したかのように苦笑《くしょう》を覗かせた。

「そうですか……」

リーゼロッテはやはり釈然としない面持ちになる。聖女としての時との印象が異なりすぎて、別人を相手にしているような気分だった。

「でも、確かにどうでもいいことばかりね。お互いに次の質問で最後にしましょうか」

「……わかりました」

訊きたいことはまだ色々とあるのだが、無理強《むりじ》いはできない。

「じゃあまずは私から」

「ええ……」

どんな質問が来るのかと、リーゼロッテは身構える。と――、

「立夏ちゃん、いいえ、リーゼロッテちゃんは好きな人はいるの？」

「……はい？」

想像の斜め上の質問が来て思わず訊き返してしまった。

「それ、訊く必要あります？」

「あるわよ。ガールズトークの定番でしょう」

「……いません」

「嘘《うそ》ね。間があったもの。ダメよ。正直に答えてくれないと。じゃないと、私も次の質問に正直に答えられないわ」

と、エリカは厳しく判定する。

「………正直、わかりません。仕事が忙《いそが》しいので」

リーゼロッテは少し気恥《きは》ずかしそうに、伏《ふ》し目《め》がちに答えた。

「いや、その反応は気になる人はいるでしょ」

「最初に思《おも》い浮かんだ人はいますが……、恋仲《こいなか》になる姿は想像できませんね」

「……そう。でも、いるなら後悔《こうかい》のないようにね。後悔した先達《せんだつ》からのアドバイスよ」

「ええ……」

「じゃあ、次はリーゼロッテちゃんの番」

「わかりました。では……」

リーゼロッテはこくりと頷《うなず》くと、頭の中で既《すで》に決めていた重要な質問をするべく口を動

かす。果たして――、

「貴方は勇者なのですか？　私が知る限りで五人の勇者は把握《はあく》していますが、六人目の情報は一切出てきません。だから……」

もしかしてエリカが勇者なのかと、リーゼロッテは尋ねた。

「んー、それを訊いちゃう？」

エリカはどういうわけか渋る。

「何か不都合が？　私が正直に答えたのですから、そちらも正直に答えてください」

エリカが勇者なのではないかと思ってはいるのだが、本人にそれを認めさせることで確定情報とさせておきたい。だからこその質問だった。

「けど、オススメはしないわ。困ったことになるかも」

「それは聞いてみないことにはわからないと思うのですが」

「確かに、ね……。じゃあ、答えるけど……私は勇者よ」

「やはり、そうでしたか……。それで、困ったことになるというのは……」

リーゼロッテは満足そうに唸《うな》って息をついてから、エリカから話を聞こうとした。しかし――、

「ああ、困りました。私が勇者であることはまだ隠《かく》しておかなければならないのです」

エリカは突然《とつぜん》、聖女としての口調でそんなことを言い始める。

「……は？」

あまりの豹変《ひょうへん》振りに面食らうリーゼロッテ。直後――、

「っ！」

エリカがリーゼロッテに掴《つか》みかかろうとした。気がついた時にはエリカが目の前に立っていて、リーゼロッテがギョッとする。だが――、

「いきなり何をなさっているのですか？」

アリアがエリカの前に立ちはだかった。エリカの腕《うで》を一瞬で掴み取《と》ると、そのまま鮮《あざ》やかに彼女《かのじょ》の身体《からだ》を窓めがけて放《ほう》り投《な》げてしまう。エリカは窓に当たって派手な音を立てながら屋敷の外へと落下していった。

「ちょ……」

リーゼロッテがその光景に絶句する。

「捕縛《ほばく》してきます。すぐに護衛の侍女達《じじょたち》が来るはずです。リーゼロッテ様はこちらに」

アリアはそう言い残すと、側に立てかけてあった魔剣《まけん》を手にして鞘《さや》から抜き放ち、エリカを追って窓から飛び出したのだった。

アリアが窓から飛び降りて屋敷の庭に降り立つと――、

「ああ、困りました。困りました」

エリカは傷の一つもなく、億劫《おっくう》そうにドレスについた埃《ほこり》を払《はら》っていた。

(あの聖女は勇者。サツキ様同様、神装で肉体が強化されて頑丈《がんじょう》になっていると見て間違《まち》がいありませんね。勇者を殺すと面倒《めんどう》事になりそうですし、厄介《やっかい》な……)

アリアも面倒そうに溜息をついた。すると――、

「貴方、ただの侍女ではないのですね？」

エリカは右手に神装の錫杖《しゃくじょう》を顕現《けんげん》させながら、アリアに問いかける。

「何を当たり前のことを。リーゼロッテ様に仕える侍女は全員、普通の侍女ではありません」

「ふ、ふふふ。それは素敵だわ」

と、言った瞬間《しゅんかん》に、エリカはアリアに向かって突進《とっしん》した。神装による強力な身体強化によって、人間が出せる限界を遥《はる》かに超《こ》えた速度である。

しかし、アリアも魔剣によって強力な身体強化を施《ほどこ》している。エリカの速度に問題なく対応し、自らも突進して間合いを埋《う》めた。

「っ……」

エリカは少し驚《おどろ》いたように目をみはると、衝突《しょうとつ》を避《さ》けようと思ったのか、あるいは距離《きょり》を置こうとしたのか、右方向へ大きく動き出す。

だが、アリアは後を追って距離を詰めていき、間合いに入ったその瞬間に当たるように剣《けん》を振《ふ》るっていた。斬《き》り殺《ころ》すわけにはいかないからか、剣の胴腹《どうばら》を使って打撃《だげき》を当てようとしているようだ。エリカは咄嗟《とっさ》に錫杖を構えて、アリアの攻撃《こうげき》を防いだ。

「実に素晴らしい強さですね」

エリカは感嘆《かんたん》したように呟《つぶや》くと、錫杖を思い切り前に突《つ》き出《だ》して攻撃を受け止めたアリアを跳《は》ね返《かえ》そうとした。すると――、

（っ、なんという馬《ば》鹿力《かぢから》っ……）

アリアの身体が大きく後退する。魔剣で身体強化を施しているのに、力負けしてしまった。移動速度自体はそこまででもなかったが、とんでもない膂力《りょりょく》を引き出せるようだ。

「もたもたしていると援軍《えんぐん》が来そうですからね。サッサと片付けてしまいましょう」

そう言うと、エリカが攻《せ》めに転じた。錫杖のリーチを活《い》かし、アリアの剣の間合いの外から一方的に攻撃を加える。

（……六人目の勇者様はずいぶんと気性《きしょう》が荒《あら》いようですね）

アリアは時に攻撃を見切って躱《かわ》し、時に剣を振るって錫杖の軌道を上手く逸《そ》らし、エリカを自分の間合いに入れようとする。しかし、エリカはアリアが間合いに入ってくる前に、錫杖を思い切り地面へと打ち付けた。直後、地面が隆起《りゅうき》し、土の壁《かべ》としてアリアに立ちは

だかる。

「…………」

アリアは深追いはせず、後退して距離を取った。エリカが裏をかいてリーゼロッテを狙《ねら》うことも考慮《こうりょ》しているのか、ちゃんとリーゼロッテがいる屋敷を背にしている。

すると、エリカが展開した土の壁が吹《ふ》き飛《と》んだ。土の壁を生み出したエリカ自身が錫杖を振り払い、億劫そうに土壁を薙《な》ぎ払ったのだ。

そうして、再び向かい合うアリアとエリカ。

「……貴方、本当にお強いのですね。ここまで強い人は初めて。世界は広いのね……」

エリカはひどく感心したように言葉を吐《は》き出した。

「瞬間的《しゅんかんてき》な膂力は見事ですが、戦闘《せんとう》訓練は受けていないとお見受けします」

「ええ、まさしく」

「実力は把握しましたので、そろそろ終わらせていただきます」

「ふふふ。それはどうでしょうか？」

アリアの挑発《ちょうはつ》を自信満々に一笑《いっしょう》するエリカ。

すると、アリアが向かって駆《か》け出した。エリカは再び錫杖を振るい、地面を左から右へと薙ぎ払うように吹き飛ばす。土を孕《はら》んだ衝撃波《しょうげきは》がアリアへと襲《おそ》いかかった。

しかし、アリアは衝撃波の効果範囲《はんい》を瞬時《しゅんじ》に見切ると、いったん下がって衝撃波の威力《いりょく》が弱まる箇所《かしょ》まで退避《たいひ》する。かと思えば、衝撃波が弱まり始めた瞬間に再び駆けだして、エリカへと急接近した。

「っ」

エリカは自分で放った衝撃波で視界を遮《さえぎ》られたのか、反応が遅《おく》れる。それでも再び衝撃波でアリアを吹き飛ばそうと思ったのか、錫杖を大きく振り上《あ》げた。だが――、

（遅《おそ》い）

アリアはエリカが錫杖を振り下《お》ろす前に下から剣で斬り上げて、錫杖を上方へと振り払ってしまう。そして、そのままエリカの懐《ふところ》に潜《もぐ》り込んで――、

「ぐっ……」

エリカの懐に強力な掌底《しょうてい》をお見舞《みま》いした。先日、ガルアーク王国城での戦闘訓練で、リオから直々に教わった体術である。エリカの身体は大きく吹き飛び、十数メートルは転がっていった。

手応《てごた》えは十分である。身体強化の上からでも相当なダメージが入ったはずだ。実際、まだ意識はあるのか立ち上がろうとしているが、力が入っていないようで身体を震《ふる》わせながら四《よ》つん這《ば》いになっている。

（終わりですね。問題はどう捕縛するかですが、もう一発お見舞いして意識を絶つとしましょうか）

手荒《てあら》いがぜひもなし。アリアはそう決めた瞬間にはエリカへと接近していた。四つん這いになっているエリカの腹部をめがけて、下から真上へと強力な蹴《け》りを打ち込む。

「がはっ……」

エリカの身体は大きく跳ね上がった。そして、その数秒後には重力に従って地面に落下する。と、エリカは今度こそ気絶したのか、うつ伏《ぶ》せになって力なく倒《たお》れてしまった。すると——、

「アリア！」

屋敷《やしき》の中から慌《あわ》ててナタリーやコゼットが飛び出てきた。その手には魔封《まふう》じの枷《かせ》が握《にぎ》られている。

（仕事が早くて何より。あの枷で手を後ろに拘束《こうそく》してしまえば流石《さすが》に暴れることもできないでしょう）

アリアはそう判断し、うつ伏せになったエリカに近づいた。魔剣で身体強化した状態でエリカに背中からのしかかり、地面に押しつける。と、思ったら——、

「二人とも、私が押さえているうちにその枷を、っ⁉」

エリカは腕立《うでた》て伏《ふ》せの要領でアリアを背中に乗せたまま思い切り跳ね上がった。その勢いを利用してアリアを吹き飛ばしてしまう。軽く十メートルは跳ね上がっただろうか。

(馬鹿《ばか》なっ。まったくダメージを受けていない⁉)

眼下でピンピンして機敏《きびん》に立ち上がったエリカを見て、絶句するアリア。エリカは軽く頭上を仰《あお》ぎ、アリアと目線を合わせるとニタアッと不気味に笑い――。

全力で駆けだして、アリアから離《はな》れた。向かう先には屋敷がある。

「っ、コゼット、ナタリー、その女の足止めをしなさい!」

アリアは空中で浮遊《ふゆう》落下した状態で、慌てて同僚《どうりょう》二人に指示を出したが――、

「なっ⁉」

エリカはコゼットとナタリーが接近してくるより前に、地面めがけて思い切り錫杖を振り下ろした。インパクトによって生まれる衝撃波は先ほどの戦闘で放ったものとは比較《ひかく》にならない規模である。まるで大爆発《だいばくはつ》が起きたような轟音《ごうおん》が響《ひび》き渡《わた》り、周囲に土埃《つちぼこり》と煙《けむり》が吹き荒《あ》れた。まだ落下しているアリアの視界からも地上が見えなくなってしまい――、

(リーゼロッテ様っ……)

アリアは煙に覆《おお》われた地上ではなく、屋敷へ視線を向けた。すると、二階の窓から様子を眺《なが》めていたリーゼロッテの姿と、屋敷へ駆け寄《よ》っていくエリカの姿を捉《とら》える。エリカは

どこにリーゼロッテがいるのか捜《さが》しているのか、きょろきょろと周囲を見回していた。

（まずいっ）

早く、早く、落下しろ。

ほんの数秒の時間が、アリアには悠久《ゆうきゅう》の時のように感じられた。ようやく地面に着地すると、全力で駆けだして屋敷へと向かう。

煙で一メートル先も見えないが、気にしている場合ではない。護衛の侍女達が時間を稼《かせ》いでくれていることを願い、アリアは全速力で土埃の中を駆け抜けた。やがて視界が晴れると――、

「ダメよ、アリア！　下がって！」

聞き慣れたリーゼロッテの叫《さけ》び声《ごえ》が聞こえた。そして、アリア達を待《ま》ち伏《ぶ》せしていたのか、ほんの数メートル先で錫杖を振りかぶっていたエリカの姿がある。

「なるほど、あそこですか」

二階の窓から身を乗り出して叫ぶリーゼロッテの姿を捉えると、エリカはニヤリとほくそ笑《え》んだ。と、同時に、錫杖を振り下ろし終わっていて――、

「くっ……」

アリアの視界は、衝撃波と土埃によって真っ暗になったのだった。

【第六章】 聖女の襲来

リーゼロッテが聖女エリカと対談してから、二週間が経《た》った日のことだ。

精霊《せいれい》の民《たみ》の里と、カラスキ王国への一時帰還《きかん》を住ませたリオは、再びシュトラール地方へと戻《もど》っていた。

といっても、リオに同行しているのは前々から一緒《いっしょ》に行動していた美春《みはる》、セリア、アイシア、ラティーファ、サラ、オーフィア、アルマだけで、ゴウキ、カヨコ、コモモなど、ヤグモ地方組の姿はない。十人以上いるゴウキ達の家臣全員を連れて行くのは流石《さすが》のエアリアルでも定員オーバーになるからだ。

そこで、今後はシュトラール地方にも転移できるようにという話が持ち上がった。空を飛べば二週間ほどの距離だし、二回に分ければ全員を輸送できるのでそうしようかという話も出たのだが、最長老達の取り計らいにより転移結晶《けっしょう》作製の許可が下りたのだ。

よって、ゴウキ達はいったん精霊の民の里で待機することになった。まずはリオ達がガルアーク王国へと先行し、転移先を設定し、フランソワにゴウキ達の存在を伝えてから改めて精霊の民の里まで戻ってゴウキ達を連れていくことを決める。

そうしてガルアーク王国へと先行したリオ達は、所定の手続きを経て王城にたどり着くとまずは屋敷へと向かった。そして――、

「じゃあ、帰還の報告をしてくるんで皆《みな》さんはこちらに」

リオは美春とセリアだけを引き連れて、屋敷から王城へと向かうことにした。報告をする相手はもちろん沙月《さつき》にシャルロット、国王フランソワである。

政務で多忙《たぼう》なフランソワは会おうと思ってすぐ会えるかはわからないが、たぶん沙月とシャルロットはすぐに会えるだろう。屋敷へ戻るにあたって入城手続をした際に先触《さきぶ》れを出してもらったので、もしかすると城の正面玄関《げんかん》辺りで待ち構えているかもしれない。そう思って城の正面玄関にたどり着く。と――、

「ハルト君、美春ちゃん、セリアさん！　早く！」

沙月がいたのだが、様子がおかしかった。なんとも焦燥《しょうそう》した顔でリオ達を招き寄せる。

「……どうしたんですか？」

駆け寄ったリオ達が尋ねた。

「いいから、来て。大変なことになっているの。今、勇者で、聖女って人がお城に来ていて、王様と謁見《えっけん》しているの。ほら、早く！」

沙月はリオ達との手を引っ張って駆け出す。

「ゆ、勇者で、聖女ですか？　王様と謁見しているのはわかりましたけど……」

だからどうしたというのだろうか？　沙月が慌てているせいで、説明されてもイマイチ要領を得ない。のだが――、

「リーゼロッテちゃんがその人に誘拐《ゆうかい》されちゃったのよ！」

その言葉を聞いた途端《とたん》、リオ達の表情は途端に強張《こわば》った。

◇◇◇

一方、王城にある高位の王族専用の応接室にて。

「話が平行線で進みませんね」

「それは余も思っていることだ」

聖女エリカと、ガルアーク国王フランソワが今まさに対談していた。扉《とびら》から向かって左右にある椅子《いす》に向かい合って座《すわ》っており、互いに嘆《なげ》かわしそうに溜息《ためいき》をついている。

「こちらとしてはリーゼロッテの身柄《みがら》を返還《へんかん》してくれれば事を荒立《あらだ》てるつもりはない。それではダメなのだろうか？」

と、フランソワがエリカに提案するが――、

「なぜ、被害《ひがい》を受けた私が泣《な》き寝入《ねい》りをするような真似《まね》をしなければならないのでしょうか？　先に手を出してきたのはリーゼロッテ＝クレティアの部下である彼女ですよ？」

エリカはにべもなく提案を突っぱねる。室内の壁際《かべぎわ》にはアリアが立っていて、呪《のろ》い殺さんばかりの眼でエリカを睨《にら》んでいた。また、リーゼロッテの両親であるセドリックとジュリアンヌの姿もある。エリカはアリアと目線が合うと、フッと口許《くちもと》をほころばせていた。

「だがな。そこにいるリーゼロッテの侍女であるアリアの説明と食《く》い違う。アリアの供述によれば先にリーゼロッテに手を出そうとしたのはエリカ殿《どの》だということだが？」

「勇者である私の説明を疑うと？」

エリカは不遜《ふそん》に問いかける。

「リーゼロッテ自身の供述と一致《いっち》するようなら信じよう。余はリーゼロッテを信じているのでな。だからこそ、リーゼロッテの身柄を返還してほしいのだ」

「それは私を疑っているのと同義ではありませんか？　返還してしまえばいくらでも口裏を合わせることができるでしょうし」

「仮にそうであっても事を荒立てぬと言っているのだがな……。では、リーゼロッテをこの場へ連れてきて、リーゼロッテ自身に供述をさせてほしい」

「敵陣《てきじん》に人質《ひとじち》を連れてやってこいと？　それは返還しろと言っているのですか？」

「いいや、そこまでは言っていない。とりあえずは連れてくれば構わない。リーゼロッテが無事な状態であることの確認《かくにん》もしたい」

「それで連れてきたらあれよかれよと理由をつけて匿《かくま》うのでしょう？　それで私は泣き寝入りですか？　そのような間の抜《ぬ》けた真似をする愚《おろ》か者《もの》がいるのであれば見てみたいものです」

「…………」

フランソワは重たい溜息をつく。

すると、その時のことだった。応接室の扉が開き、リオと美春とセリアを連れた沙月が入室してくる。

「あら、そちらの勇者さんがお戻りのようですね。それに……」

と、エリカが沙月を見て言う。そして——、

「これはまた可愛らしい日本人の女の子を連れてきたのですね。私、神聖エリカ民主共和国という国で元首の地位に就《つ》いている聖女エリカといいます。初めまして。貴方《あなた》は沙月さんのご友人ですか？」

エリカは美春に目をつけ、実に愛想《あいそ》良く喋りかける。だが——、

「無視していいわよ、美春ちゃん」

沙月がツンとした声色《こわいろ》で、ぼそりと隣《となり》に立つ美春に言う。その声はエリカにはまず届かないほどの小声だったのだが――、

「まあ、みはるさん、というのですね。となると、美しいと書いて春かしら？　それとも三と書いて春でしょうか？　ここだけの話、日本にいた頃の私の苗字《みょうじ》には桜という文字が使われていたのよ。貴方とは仲良くなれそうな気がします」

「えっ、うそっ。今のが聞こえるわけが……」

「口の動きを見れば一目瞭然《いちもくりょうぜん》ですよ。私、そういうの得意なので」

美春の名前を聞き取ったことに驚く沙月に、エリカが種を明かす。

「一見すると愛想の良い人に見えるけど、この人がリーゼロッテちゃんを誘拐したのよ。返してと言っても返さないの一点張り」

「誘拐とは人聞きが悪い。加害行為《こうい》を加えられたので、人質として身柄を預かっているんです。そちらは大国、こちらは小国ですし」

心外ですと言わんばかりに、エリカは補足した。

「……進展はあったの、シャルちゃん？」

沙月はリオ、美春、セリアを連れてシャルロットの傍《そば》まで近づいていく。

「いいえ、残念なことにまったく」

シャルロットは物憂《ものう》げにかぶりを振る。

「そろそろそちらの要求を聞かせてはもらえないだろうか、勇者エリカ殿よ？　身柄を返還して欲《ほ》しい、それはできない、の繰《く》り返しでは埒《らち》が明かない」

フランソワはいい加減じれたようにエリカの要求を聞き出そうとした。

「これは私としたことが。こちらからの通達事項《じこう》は五つです。一つ、王政の廃止《はいし》。二つ、貴族制の廃止。三つ、国を民に譲《ゆず》り渡すこと。四つ、リーゼロッテ＝クレティアの身柄を神聖エリカ民主共和国に譲り渡すこと。五つ、リッカ商会の財産と経営権を神聖エリカ民主共和国に譲り渡すこと」

以上ですと、エリカは実に晴れやかな顔をして締《し》めくくる。

「………本気で言っているのか？　そのような条件、どれか一つでも呑《の》めるはずがなかろう？」

このような要求を他国に突きつけるなど、宣戦布告をしているも同然だ。フランソワは流石に不快そうに顔をしかめた。

「貴方が要求を呑むとは思っていません。ですが、実現はさせます。ですので、これらは要求というよりも決定事項《じこう》ですね。そちらが交渉《こうしょう》しようとあれこれ提案してくるので少し申し上げにくかったのですが、今日はこれらの決定事項を伝えるために足を運びました。私が通達した条件をそちらが実行しない場合、こちらで決定事項を実行します」

　エリカは朗々と語って宣言した。相手が勇者であろうと、ここまで顔に泥《どろ》を塗《ぬ》るような真似をされては君主として黙《だま》っているわけにもいかないだろう。

「……我《わ》が国《くに》の王政を廃止させ、貴族制を実力行使で解体すると？　つまりは神聖エリカ民主共和国からガルアーク王国に対する宣戦布告と受け取ってよいのだな？」

　と、フランソワは鋭《するど》い目つきで確認する。

「こうなった以上は、そうなるのでしょうか？　となれば、より明確に敵対行動を取りましょうか？」

「何……？」

「ふふ。先ほども言った通りこちらは小国。そちらは大国。もう一人、人質を増やしておくのもよいかもしれませんね」

　エリカはそう言うと、壁際にいるリオ達の傍に立っていたシャルロットへと視線を向けた。そして不意に立ち上がると、勢いよく駆けだし、神装である錫杖を顕現させながらシャルロットへと迫《せま》る。が――、

「…………………」

エリカがシャルロットを羽交《はが》い締《じ》めにする前に、リオがエリカの錫杖を掴んで立ちはだかった。

「…………おや？」

エリカは錫杖を押《お》し込み、背後のシャルロットごとリオを押し飛ばそうとした。だがリオは身体強化を発動させたのか、エリカの膂力に真っ向から張り合う。相当な力を込め合っているのか、互いの手が震え合う。

（……なんて魔力《まりょく》だ。かなりの身体強化を施している）

と、リオは無言のままエリカを見据《みす》えて分析《ぶんせき》する。リオの背後ではシャルロットがここぞとばかりに背中から抱《だ》きついたが、邪魔にならぬようすぐにスッと身を引いていく。一方で――、

「貴方、ずいぶんと力持ちみたいですね。騎士《きし》、なのでしょうか？　素敵《すてき》ですよ」

エリカはふふっと、たおやかに微笑《ほほえ》みかける。

「……いかがなさいますか、陛下？」

リオは椅子に腰掛《こしか》けたままのフランソワに問いかけた。

「……リーゼロッテが人質に取られている。これ以上、事を荒立てぬようなら今日のところは丁重《ていちょう》にお帰りいただく」

「承知しました。では……」

と、リオが頷くと――、

「おや……」

エリカは錫杖を利き手で掴んだまま、カクンと前のめりに体勢を崩《くず》してしまう。リオは両手で柄を押さえ込んで、エリカが自由に動かせないようにしてしまった。どうしてこうなったのかといえば、リオが一瞬《いっしゅん》、エリカを押し返そうと力を込めたと思ったら、途端に力を抜いてエリカごと錫杖を引っ張り込んだからである。

「私は力を込めたままだったのですが……」

不思議そうに首を傾《かし》げるエリカだが、どうやらリオに重心の動きを見事に利用されたらしいと気づいたようだ。何か得心したような顔になる。

「……さすがは大国。そちらにいる侍女の彼女にしろ、こちらの少年にしろ、かなりの粒《つぶ》ぞろいみたいですね。実に素晴《すば》らしい」

エリカは改めてリオの顔を見て、続けて室内を見回す。フランソワの傍では魔剣を手にしていたアリアが彼《かれ》を守るように立ちはだかっていた。

「これ以上暴れないのでしたら、このままお帰りいただけるとのことですが」

暴れるつもりがあるのか、ないのか、リオが錫杖を掴んだまま聖女に問いかける。

「貴方を相手に対人戦を挑《いど》むのは大変そうです。暴れるつもりはありませんが……」

エリカはそう言いながら、錫杖に魔力を込めていく。そして床に押し当てられた錫杖の柄頭を経由して、床一面に魔力を流しこんでいった。それに反応し——、

「っ……」

リオも咄嗟に体内で魔力を練り上げた。一方、魔力を可視化できるセリアや美春も錫杖に込められた強力な魔力を視認《しにん》したのか、ギョッとしている。直後——、

「こういうのはいかがでしょう？」

エリカは錫杖に込めた魔力を解放し、何かしらの事象を発動させようとした。錫杖が神々《こうごう》しい光を帯びていき、床も光る。それで他の者達もエリカが錫杖に魔力を込めていたことにようやく気づいた。だが——、

「…………」

何も起こらない。エリカが何かをしようとしていたことは明らかだったので、フランソワ達は怪訝《けげん》な顔になる。ただ、怪訝な顔をしているのはエリカも同じだった。

「……おかしいですね。私はこの部屋を破壊するつもりでこの錫杖に魔力を込めていたのですが……」

「なっ……」

エリカが何をしようとしていたのかを知り、一同が絶句する。

「貴方、何をなさっているのですか？　もしかして私の神装に干渉《かんしょう》しています？　いったいどうやってそんな真似を？」

と、エリカは正面に立つリオを見据えて推測する。実際、その通りだった。エリカが発動させようとした事象をリオが精霊術で上書きしてかき消したのが正解である。

「…………」

困惑《こんわく》と驚愕《きょうがく》が入り混じった面持《おもも》ちで固唾《かたず》を呑むフランソワやシャルロット達。何が起きているのかは理解できないが、リオと聖女の間で目に見えない高度な攻防《こうぼう》が繰り広《ひろ》げられていることは察したようだ。

「陛下のお言葉を無視して事を荒立てようとした以上、大人しく帰るつもりはないと考えてよろしいでしょうか？」

リオが好戦的なエリカを鋭い眼差《まなざ》しで見つめ返す。言葉遣《ことばづか》いこそ丁寧《ていねい》だが、その言葉は実に冷ややかだった。

「ふ、ふふふ。そうなった場合、リーゼロッテ＝クレティアの安全が保証できないのはおわかりですか？　私が規定の日時に戻らない場合、仲間が彼女を処断することになっていますけど」

エリカは不敵に笑って脅《おど》しをかける。

「……でしたらこのまま大人しくお帰りいただけると嬉《うれ》しいですね。このまま暴れて皆様《みなさま》に仇成《あだな》すようでしたら、捕縛せざるをえません」

私はそれを望んでいないが、貴方はそれを望んでいるのかと、リオは目線で言外に問いかけた。果たして――、

「……いいでしょう。今の私の役目はこの国の民衆に福音《ふくいん》を与《あた》えること。この場にいる方々が亡《な》き者となるのは民達《たみたち》の怒《いか》りを知った後でも遅くはない。いいえ、そうでなくてはなりませんね。どうやら私は事を急ぎすぎて手順を間違えるところだったようです。当初の目的は果たしたのですし、この辺りでお暇《いとま》させていただくとしましょうか」

エリカは手にしていたメイスを消した。そのまま両手を挙げて交戦の意思がないことを示すと、部屋の扉に向かって堂々と歩きだしていく。妙《みょう》なことをしでかさないよう、リオがその後を追おうとするが――、

「貴方がついてきたらお城の中で暴れてしまうかもしれませんよ？　一応、言っておきますが、リーゼロッテ＝クレティアのこともお忘れなきよう」

エリカが振り返ってリオを制止する。結果、リオはやむを得ずその場に踏《ふ》み留《とど》まった。後を追いかけたくても後を追えないことを腹立たしく思っているのか、リオ以外にも剣呑《けんのん》

な視線がエリカの背中に集中する。

やがてエリカが退室し、ぱたんと応接室の扉が閉まると――、

「……陛下、追跡《ついせき》の許可を頂いてもよろしいでしょうか？」

リオがすかさずフランソワに話しかけた。

「何……？」

瞠目《どうもく》するフランソワ。

「ここであの聖女を逃《のが》すとそれこそリーゼロッテさんの身柄が戻ってこなくなるかもしれません。リーゼロッテさんの居場所を突き止《と》め、奪還《だっかん》します」

そう語るリオの瞳《ひとみ》に迷いはない。助けに行く。その決意が強く覗《のぞ》けていた。

「むう……。だが、リーゼロッテの所在を突き止めるまでは絶対に追跡を気取られるわけにはいかんぞ。そなたならばそれができるのか？」

気づかれた時点でリーゼロッテは二度と帰ってこない恐《おそ》れが強い。唸るフランソワだが
リオならばあるいはと思ったのか、じっと見つめて確認した。

「……一キロ以上の距離を保って追跡します。あまり離れすぎると見失いますが、それくらいの距離ならば確実に見失うことなく相手を追跡する術《すべ》があります。ですので多少の時間的な余裕《よゆう》はありますが、お早めにご決断を」

と、リオは答えながら——、

（アイシア、緊急《きんきゅう》事態なんだ。これから城から出てくる黒髪《くろかみ》の女性を霊体《れいたい》化して追跡してほしい）

許可を得るよりも先に、念話でアイシアに呼びかけた。

（……わかった）

（ありがとう）

すぐに返事がきて、礼を言う。これで後は本当に追跡するだけだ。リオはフランソワをまっすぐ見つめて、返答を待つ。すると——、

「……一つ、サツキ殿に頼《たの》みがある」

「何でしょうか？」

「仮に聖女と事を構えることになった場合、勇者の名において我が国に非がないことを公言してもらうことは可能だろうか？」

と、フランソワは沙月に助力を求める。シュトラール地方で神聖視されている勇者と事を構えようとする以上、こちらも勇者を擁《よう》するのは必須《ひっす》だ。国を背負う立場にある者として確認はしておきたかったのだろう。

「もちろん。言われるまでもありません。あんな真似をする人を許すことなんてできませ

んから」

よほど聖女のことで腹を据《す》えかねているのか、沙月は即答《そくとう》する。果たして――、

「……わかった。では、リーゼロッテの救出はハルトに任せる。よいな、セドリック」

フランソワは深々と首を縦に振り、リオにリーゼロッテ救出の許可を出す。そして、リーゼロッテの父親であるセドリックにも確認を取った。

「……よろしくお願いします、ハルト君」

セドリックはまぶたを閉じて悩《なや》んだが、最後には頭を下げて頼む。

「最善を尽《つ》くします」

「頼んだぞ」

と、フランソワはすべてをリオに託《たく》す。

「そういうわけなので、他のみんなに説明をお願いします」

リオは深く首を縦に振ってフランソワに応じてから、傍にいる美春とセリア、そして沙月とシャルロットを見て後のことを頼んだ。

「……うん。気をつけてね」

「必ず無事に帰ってきてください」

「リーゼロッテちゃんをお願い、ハルト君」

セリア、美春、沙月が不安そうにリオを見た。

「お帰りをお待ちしております、ハルト様」

シャルロットはドレスの裾《すそ》を摘《つ》まみ、毅然《きぜん》とリオを見送ろうとする。

「任せてください。必ず助けて帰るので」

リオは四人を安心させるように微笑むと、聖女の後を追いかけるべく部屋の外へと歩きだしていく。が——、

「……待て」

「何でしょうか？」

退室する直前にフランソワから呼び止められ、リオが扉の前で立ち止まる。

「……これ以上ないというほど明らかに宣戦布告されたようなものだ。サツキ殿のお墨付《すみつ》きも得られることだしな。相手が勇者であろうが、聖女であろうが構わん。救出した後に追撃《ついげき》を仕掛《しか》けてくるようであれば最悪、そなたの判断で事を構えても構わん。いざという時は存分に力を見せつけてやるといい」

こちらに喧嘩《けんか》を売ってきたことを後悔《こうかい》させてやれ——とでも言わんばかりに、フランソワはリオに聖女との交戦許可を与えた。国王自らがその許しを与えたことは大きい。

「御意《ぎょい》」

リオは深々とこうべを垂れてから、今度こそ退室していく。

すると、その直後——、

「……身《み》の程《ほど》を弁《わきま》えぬ無礼を承知で、お願いがございます」

一人の女性の声が、応接室に響き渡った。

【エピローグ】❖同行者

応接室を後にしたリオは先に退室したエリカに追いつかないよう、ゆっくりと城の玄関へと向かった。道中、見回りの兵士達《たち》から聖女が通ったことを確認していく。と——、

（春人《はると》、黒い髪《かみ》の女性が門に近づいてきた。外に出たらそのまま後を追いかける）

アイシアから連絡《れんらく》が入る。

どうやら本当に大人しく城から出て行くつもりらしい。

（ありがとう。何かあったら教えて。念話が届く距離《きょり》で追いかけるから）

（わかった）

などと、必要なやりとりをしながら、リオは城の建物から外に出た。二百メートルほど先にある城門には今まさに外へ出ていこうとしている聖女エリカがいるはずだ。

すると、その時のことだった。

「お待ちください！」

背後から駆け寄ってきて、リオに声をかける者が現れた。だいぶ急いでいるのか、少し

息が上がっている。

「……アリアさん？」

リオが目を丸くする。後を追いかけてきたことにも驚《おどろ》いたが、今のアリアは常に着ている侍女《じじょ》服ではなく、冒険者《ぼうけんしゃ》がするような衣類を着用しているのでそちらにも驚いた。いったいどうしてそんな格好をしているのか。リオが不思議に思っていると――、

「お願いがございます」

と、アリアは真剣《しんけん》な顔で話を切り出す。瞬間《しゅんかん》――、

「……なんでしょう？」

リオはなんとなくお願いの内容を予感してしまった。その内容が正しいのか、正しくないのか、考えているうちに――、

「リーゼロッテ様救出の任、ぜひ私も同行させていただけないでしょうか？」

何卒《なにとぞ》、何卒……と、アリアは平伏《へいふく》するようにリオにこうべを垂れたのだった。

あとがき

皆様、お世話になっております。北山結莉《きたやまゆうり》です。この度は『精霊幻想記 17. 聖女の福音』をお手にとってくださり、いつも誠にありがとうございます。

というわけでいよいよ17巻まで来ました。通常、ここまで巻数が出ていると若い巻と比較してどうしても売上は下がるものらしいのですが、小説『精霊幻想記』の初動はずっと上がり続けているとか。本当に、皆様いつも誠にありがとうございます！

おかげ様でドラマCD第3弾（17巻特装版に収録）「脚本、ときどき、ヒロインランキング」も発売させていただきましたので、お買い上げくださった方はリオやヒロイン達のコミカルなやりとりをぜひぜひご堪能くださいませ！

そして、既に告知もされているはずなのでご存じの方もいらっしゃるとは思いますが、この度『精霊幻想記』の新グッズ2つが発売されることが決定しました！「セリア先生の抱き枕カバー」と「セリア先生の香水」です！

ちなみに、抱き枕はともかく、香水が作られるのは超レアらしいです。私もまさか自分の人生で香水の制作に協力することになるとは思ってもいなかったので、貴重な体験をさせていただきました。抱き枕カバーのセリア先生は思わず抱きしめたくなるほど愛らしいですし（普段着がはだけた姿と、水着姿の両面カバー）、香水もめっちゃキュートな香りなので、皆様ぜひぜひゲットしていただけると嬉しいです！

抱き枕と香水の詳細は既に公式で公開されておりまして、詳細はＨＪ文庫様やメロンブックス様の公式サイト、私のツイッターアカウント等でご確認くださいませ（本巻の発売日である９月１日の時点で既に予約が始まっていると思います）。

そして肝心の作品本編についても少し語らせていただきます。リオ、アリア、アイシアという最強の布陣で挑む18巻。物語はいよいよ次の展開へと移行していきます。

聖女の謎な打たれ強さとか、ここから先の数巻でまだあまり語られていない情報に触れる機会が増えていくと思うので、物語の進展と併せてどうぞお楽しみに（ヤグモ組も17巻で出せて良かった……！）。

例によって巻末にも次巻の予告が掲載されているはずなので、そちらもチェックしてみてください。『精霊幻想記 18．大地の獣』は今冬発売予定です！

それでは、また18巻でも皆様とお会いできますよう！

二〇二〇年七月下旬　　北山結莉

聖女を名乗る六人目の勇者エリカによって、
ガルアーク王国の公爵令嬢
リーゼロッテ＝クレティアは拉致された。

リーゼロッテ奪還に乗り出したリオは、
彼女の筆頭侍女であるアリアと共に
聖女の足取りを追う。

一方、囚われの身となったリーゼロッテは
聖女が国家元首を務める
神聖エリカ民主共和国の現状を目にし——

「聖女エリカ……
彼女の願いは
本当に弱者の救済なの？」

精霊幻想記 18.大地の獣
2020年12月1日、発売予定

HJ文庫 http://www.hobbyjapan.co.jp/hjbunko/
891

精霊幻想記
17. 聖女の福音

2020年9月1日　初版発行

著者――北山結莉

発行者―松下大介
発行所―株式会社ホビージャパン

〒151-0053
東京都渋谷区代々木2-15-8
電話　03(5304)7604（編集）
03(5304)9112（営業）

印刷所――大日本印刷株式会社

装丁――coil／株式会社エストール

Printed in Japan

ISBN978-4-7986-2260-6　C0193